ぐるぐる七福神

中島たい子

幻冬舎文庫

ぐるぐる七福神

目次

地図デザイン　大久保伸子
地図イラスト　霜田あゆ美

聞きたくない情報を、聞きたくない相手から聞いてしまうことがある。口うるさい隣の家のおばさんに、うちの父親が近所の公園で昼間っから缶ビールを飲んでいたと、聞かされるとか。たいして仲良くもなかった高校の同級生に道でバッタリ会って、元カレが、同じクラスの性格が悪くて有名だった女子と結婚したと、聞かされるとか。けっこうダメージを受けるものだが、まだ、その程度ならかわいいもので……。

連休明けの爽やかな初夏の日、閉店したカメラのさくらやの前で出くわしたのも、大学の時にゼミが一緒だったかで二、三度飲みに行ったことがあるぐらいの人。こっちは名前も覚えてないのに、彼女はやたら懐かしげに声をかけてきた。

「やーだ船山《ふなやま》さーん、やーだ元気にしてた？　すっごい久しぶりー。もう七年？　八年？　九年？　十年？　十一年ぐらい経つ？　どうしてるかなと思ってたのよー」

口の中に入っている長い前髪をデコ爪でつまみ出しながら微笑《ほほえ》む相手を見て、そう言えばちょっとかわいそうな人だったと思い出した。このパターンは嫌な予感がするので、適当に応対しながら、じりじりと横歩きで去ろうとしたが、

「ホント、心配してたのぉー」

しつこく私の行く方向についてくる。

「はあ、どうも」

何のことを言ってるのかわからんが返しておくと、真っ正面にせまってきた彼女は、沈痛の表情を作って言った。

「黒田《くろだ》くんが亡くなったって聞いたから。船山さん大変だったろーなって」

足を横に出したまま固まり、たった今、耳に入った情報を処理するのに二十五秒ほどかけた。亡くな……？　大地《だいち》、が？　黒田大地が、死んだ……？　結婚、とかじゃなくて？　死んだぁ!?　ええーっ！　ええーっ！　ええーっ!?

「船山さん、黒田君と大学の時から長いことつきあってたじゃない。ホントにお気の毒でぇ、大丈夫ぅ？」

その長いことつきあってた私が、彼の死を知らなくて、目の前にいるどーでもいい女が知っているということに、何よりも衝撃を受けています。大丈夫なわけがないだろ。

「ああ、そうね……まあ、大変だったけど……ようやく、少し乗り越えた……かな？」

絶え絶えに返すと、彼女はシンパシーを表してるのか首が折れんばかりに何度もうなずき、目まで潤ませている。

「無理しないでー。ホント大丈夫ぅ？」

「大丈夫、だけど……。大地が死んだのって、いつだっけ？」


過去につきあっていた男性が、今現在どうしているか？　結婚してるか、してないか、もしくは生きてるか、死んでいるか、あなたは知ってますか？　と聞かれたら、世の女性の多くは首を横にふると思う。円満に別れて、今でも良いお友だちでーす、という貴重な例もあるかもしれないが、印刷だけの年賀状すら、出せないのが一般的。

でも、冗談でなく死んでたら、さすがに家族から葬式の連絡ぐらいは来るはず……ないか。自分の息子をさんざんふりまわし、彼の人生をあらぬ方向に導いて、結果的に死に追いやった女の顔など、見たくもないだろう。もしくは、他から私に訃報は伝わっていると思ってるかもしれない。そうなると、葬式に私が来なかったことを逆に怒ってるかも。今からでもお悔やみに行くべきだろうか？　どーでもいい女によると、大地は昨年の（たぶん）春頃に、インド（のどっか）で亡くなったらしいが、どんな状況で亡くなったかは（病気か、事故か、犯罪か、自殺かのどれかだと言っていた。死刑ではないらしい）わからない。そんな不確かな情報ではなく、大地の両親に会って事実を聞きたいが、私のことを怒っていたら門前払いにされる可能性もある……。

などと考えているうちに仕事の派遣先が変わり、新しい職場では、今年はインド並みの酷暑だというのに西日が強烈に当たる席をあてがわれ、危うく大地の後を追うところだったが。もうろうとしていた意識もようやくはっきりしてきて、気づけばもう九月も半ば。

「暑さ寒さも彼岸まで、か」

冷たい麦茶をマイ魔法ビンから湯のみに注ぎ、経理ソフトの画面を見つめ、彼岸か……、と心の中でくり返した。隣の席の森さんが、魔法ビンの向こうから、こちらをチラチラ見ているが、それはオシャレなマグボトルなどではなく、おばあちゃん家《ち》の押し入れに眠っていた昭和の家族が行楽に持って行くミサイル弾のように輝くデカイやつなので、都合良く視界が遮られている。給湯室に行けばユニマットが提供するお茶があるし、ロビーには一杯ごとに豆を挽《ひ》いてくれる自販機もあるけれど、人と話すことになるエリアには極力近づきたくないから、この職場に来た初日から、これを持参している。

「あの、船山さん」

森さんが魔法ビンの横から顔を出して、私は相手の目をチラッと見ただけで、はい、と短く答えた。森さんは正社員で、私よりおそらく歳は上であるが、遠慮がちに問いかけてきた。

「聞いてもいいですか？」

聞いていいか、と聞く。不思議な質問だ。次に聞く質問が少々相手を困らせるかもしれない時に、前もって言っておく言葉ではある。しかし何を聞くのかわからないから、それに答えることはできない。私は無言でそれに返した。

「船山さんの……ご趣味って、なんですか？」

干支《えと》か支持政党でも聞かれるのかと思ったら、

「趣味、ですか？」

趣味……と真面目に考えてみる。

「船山さん、仕事が終わると急いで帰って行くじゃないですか。この会社にいらして二カ月経つのに、飲みに誘っても来ないし。何か仕事以外にやってらっしゃるのかなって。みんなで話していて」

ハッとまわりを見ると、この部屋にいる社員全員が私に注目していたようで、慌てて皆は目を逸《そ》らした。派遣で来ている「魔法ビン女」が、あまりに人づきあいが悪いので、趣味に没頭しているタイプの人間だろうと推測されたようだ。そういうことにしておけば、こっちも都合がいい。

「そうなんです。趣味に忙しくて」

「ああ、やっぱりね。何をなさってるんですか？」

趣味。私の趣味ってなんだろうと再び真剣に考える。仕事が終わったら、まず家に帰って、まずごはん食べて、まずお風呂入って、まずテレビを見て、まずは寝る。自分の生活の中に、趣味と呼べるものがないか必死で探してみたが、見当たらない。三十二にもなった今、打ち込んでいることが何一つないことに改めて気づくが、人生をふり返ってみればしかたがない。二十代はあまりにいろいろと打ち込みすぎて、もう杭《くい》だらけ（ある意味、悔いだらけ）みたいになっていたが、今は杭もみんな燃え尽きて、自分も灰になってしまったような状態だ。まさに燃え尽き症候群というやつかもしれないが、大地の死でとどめを刺されて、完全に再起不能。こんな私に、ろくろをまわしたり、腹を出してベリーダンスをする気力はもう残ってない。

「どんな趣味ですか？　おしゃれ工房系？　スポーツ系？」

けれど社員全員が手を止めて、スキューバ？　流木アート？　フィットネス・ムエタイ？と私の答えを待っていて、全ての業務が一時停止している。このままでは全員残業になってしまうので、何か言わなくてはと焦《あせ》り、あっ、あれがあった！　と彼女に返した。

「七福神めぐり」

「なに？」

「しちふくじん。七福神めぐり」

返ってきた単語に、森さんは明らかに馴染《なじ》めないでいる表情だが、

「へー、楽しそう」

抑揚のない声で合わせてきた。

「どういうものなんですか、それ？」

「えーと、お寺とか神社をまわるんです。七福神が祀《まつ》ってあるところを七カ所」

私もこの前の日曜に初めてそれをめぐったので、あまり突っ込んで聞いて欲しくない。

「お寺とか神社を、まわる……。それが、趣味？」

「はい。七福神めぐりで、めちゃくちゃ忙しいんです」

私は作り笑顔で返した。フーン、と彼女は一応は納得したようにうなずいた。

「七福神めぐりって、お正月にやるものじゃなかった？」

壁際の席から声がして、腰が痛いとかなんとか言っちゃあイスを並べていつも昼寝しているメタボの堀田《ほった》さんが、むっくり起き上がって言った。むむっ、知ってるやつがいる。私は聞こえなかったふりをして、森さんに頭を下げた。

「すみません、つきあいが悪くて」

「それは、いいんだけど」

森さんは、その情報だけではまだ私のことがつかめないようで、質問を変えてきた。

「じゃあ『嵐』の中では、誰が好き？」

『嵐』が日本の男性アイドルグループ（ウィキペディア調べ）であることを知らなかったので、そちらの方が話題になってしまった。「嵐を知らない魔法ビン女」と、意に反してこの会社でも「船山のぞみ」という存在が皆の目にとまり始めている。

「私も、自分専用のポット持って来ようかな」

翌日、森さんは私の魔法ビンを見て言った。ほら、きた。このようにちょっと関わっただけで、もう人に影響を与えている。もちろん、しかたがないことではあるけれど、自分が無意識に与えた影響で、人の運命を大きく変えてしまうことだってある。だから極力、人と接触しないよう努めているのに。

「大きいから便利よね。そういうポットって、どこで売ってるの？」

聞いてくる森さんに、さあ、昔のものですから、と返す。

「デパートに行けば、まだあるかもね。さっそく帰りに見てみよう」

その言葉に、魔法ビンを買いにデパートへと大通りを歩いて行く彼女を私は想像する。イメージの中で、アクセルとブレーキを踏み違えた暴走車がそこに突っ込んできて、森さんは魔法ビンを買いに行ったばっかりに帰らぬ人と……。

「デパートにも売ってないと思いますよ、絶対！　どこにも売ってないから！」

私が大きな声を出したもんだから、森さんはびっくりしている。考えすぎと言われても、可能性がまったくないとは言えない。起こりうることなのだ。恐ろしい。だから、人と関わるのは嫌なのだ。これ以上、人を殺したくなければ、疫病神の私は家でじっとしているしかないのだろうか。黒田大地のような、取り返しのつかない犠牲者を出さないためにも……。

谷中七福神

犠牲者と言えば、「七福神めぐり」とやらに関わるはめになったのも、これまた死者が出そうになったからだった。

先月、母方の八十三歳になるおばあちゃんが腰を痛めて入院した。床に転がっていた地球にやさしいラップフィルムの中芯を、おもいっきり踏んで転倒したのだ。二週間ほどで退院できるという診断で、

「絶好のチャンスだから、今のうちにゴミ屋敷化している家を片付けてしまおう」

母は、おばあちゃんが一人で暮らしているマンションに私を引き連れて乗り込んだ。

「なんだこりゃ」

さっそく台所にあった大きなゴミ袋に私たちは注目した。四角い発泡スチロールがぎゅう詰めになっている。

「臭う」

何百枚という数だからさすがに臭う。確かに納豆容器の蓋部分は、開封してもきれいなままで、捨てるのがもったいないという気持ちは痛いほどわかるが、これをためてどうするつ

もりだったんだろう。母はそれを玄関のたたきに投げた。

「捨てられないだけよ」

私が押入れを開けると、やはりためこんだラップの中芯がガラガラと落ちてきた。ガイシャはここで転倒したと思われる。私も用心しながらそれを拾い集めて、

「捨てて」

冷たく言う母の指示でゴミ袋に入れていった。押入れからは他にも押収品が出てくる出てくる。

「刺身に付いてるプラスチックの小菊コレクション」

「捨てて」

「崎陽軒の醤油入れコレクション」

「捨てて」

「使用済み切手コレクション」

「捨てて」

「その切手を切り取った封筒の束」

「捨てて！」

「おじいちゃんが若い時、おばあちゃんに送った手紙の束」

「気持ちわるいから捨てて」

「家の権利書」

「あ、ちょうだい」

あらかた捨てていくうちに押入れの奥が見えてきて、そこに張り付いていた一枚の色紙を私は取り出した。

「これは、なんだ？」

白い色紙に、タッチの違う筆文字がいくつか並んでいて、それに重ねて図柄の赤い判が捺《お》されている。達筆な文字を首を傾げて見ていると、母がのぞきこみ、

「ああ、七福神の御朱印か。捨てて」

七福神？　ゴシュイン？　言われれば「大黒天」「毘沙門天」と書かれているのがかろうじて判読できる。

「おばあちゃんが書いたの？」

「なわけないでしょ。知らないの？　七福神が祀ってあるお寺や神社をまわって書いてもらうのよ。持ってると、ご利益があるんじゃない。捨てて」

そんな「縁起もの」を燃えるゴミ扱いで捨てていいのだろうかと思いつつ、ゴミの多さにキレかかっている母の顔が仁王像なみに恐いので、指示どおりゴミ袋にそれを突っ込んだ。

おばあちゃんの家から出た恐ろしい量のゴミを、マンション内のゴミステーションに何度も往復して運んでいると、母の携帯が鳴った。病院からで、おばあちゃんが軽い肺炎を起こしているという。院内感染の疑いもあり、医師の説明を聞きにすぐに来て欲しいと告げられた。動揺している母をタクシーに乗せて先に病院に行かせると、私は戸締まりなどをするために部屋に戻った。物が減ってガランとしているおばあちゃんの住まいを見て、なんだかとても嫌な予感がしたので、ゴミステーションに行って、捨てた七福神の色紙をゴミ袋から出した。やっぱりこれを捨てたのがまずかったんじゃないの？　と慌ててホコリをはらった。

改めてそれを見て、やはり達筆すぎて読めないけれども、神様の名前らしきものが六つしか書かれていないことにも気づいた。母の話では、スタンプラリーのようにお寺や神社をまわって参拝した証拠である「御朱印」を集めるようだが、七福神であるならば、あともう一つ名前があって完成なはずだ。確かに左下に、もう一つ名前が入るぶんの余白がある。何でもしこたまコレクションするおばあちゃんが、たかが七つそろえるだけなのに、その一つを埋めていなかったことも、妙に気になる。ラッキー「七《セブン》」に欠けてるというのも縁起が悪い。とりあえずゴミ袋からは出したが、おばあちゃんの容態が心配なだけに、欠けてるものを埋めるなり、お焚《た》き上げにするなりした方がいいのでは、という気持ちになった。

おばあちゃんの病状は院内感染の疑いは消えたものの、予想以上に引きずって全快せず、腰の方もよけい痛みがひどくなって芳《かんば》しくないようだった。七福神の色紙のことをおばあちゃんに聞いてみたが、痛み止めで頭がぼんやりしているのか、急にボケが始まってしまったのか、ぜんぜん覚えていない。このままだと寝たきりになってしまいそうで、さすがの母も自分が家を片付けてしまったからだと落ち込んでいる。私も、縁起ものまで生ゴミ扱いした母に「あなたのせいじゃない」とはどうも言ってあげられないので、色紙問題だけでも解決しようと、図書館で『東京七福神めぐりガイド』なるものを開いて、調べてみた。

おばあちゃんの色紙とほぼ同じものが載っていて、それは「谷中《やなか》七福神」のものであることが判明した。やはり御朱印が一つ足りないことも明らかになった。そこまで縁起をかつぐタイプでもないのだけれど、大地のこともあって、自分の行動如何《いかん》でおばあちゃんの容態に影響が出るのでは、と一度思い始めると気になってしまう。このままお焚き上げにしてもいいけれど、生ゴミにしたことを謝りがてら「谷中七福神」にお参りに行って、足りないものも埋めて来ようと、色紙を持って日曜に谷中に行くことにした。

古くは室町の頃から、七福神を祀ったり祈ったりする民間信仰はあったようだ(武蔵野市立図書館調べ)。それぞれに七福神を祀っている七つの寺を巡礼する「七福神めぐり」という形ができたのは江戸時代。「近頃、正月に七福神参りというのが流行《はや》っていて、それは谷中のお寺をまわるものだ」と当時の文献にも残っているらしい。「庶民的に人気のある七人の神様」に富と財力を願ってまわる七福神めぐりは、谷中が始まりで、行楽好きの江戸っ子の間でブームになり、他の寺もこぞって七福神を祀るようになって複数のコースが江戸に生まれた。驚いたことに今もそれは増え続けていて、東京だけでも二十近い七福神めぐりのコースが存在する。おばあちゃんは、その中でも「元祖七福神」をまわったわけだ。

日本人なら「七福神」という響きに多かれ少なかれ親しみを持っていると思うが、いざ、そのメンバー七人の名前を全てあげなさい、と言われたら、何でも記憶したがる生意気な小学生でもなければ、すらすら言える人はいないだろう。まず、恵比須《えびす》に大黒天《だいこくてん》、このお二人はメインボーカルぐらいポピュラーだ。弁財天《べんざいてん》は紅一点でわかりやすいし、布袋尊《ほていそん》も、毘沙門天《びしゃもんてん》もわきを固めていて、まあ印象に残っている方かもしれない。しかし、残りの二人、福禄寿《ふくろくじゅ》、寿老人《じゅろうじん》に関しては、入れ替わりが激しいバンドの解散直前に入ったメンバーぐらい、誰も名前を把握していないと思う。おばあちゃんがもらいそこなっているのは、その一番存在感の薄い「寿老人」の御朱印だった。

「寿老人」なんて神様は三十年生きてきて見たことも聞いたこともなかったし、ネット上で見る画像もかなりパッとしない……ただのじいさん。何か一つでも、ありがたそうな特徴がないか、ねばって見つめたが……ただの、じいさん。でも「老人」なだけにおばあちゃんと重なるし「寿」だし、よりにもよってそれが欠けているのもダブルで縁起が悪いのではと思われた。

池袋より先ではめったに降りることがない外回りの山手線の中で、図書館で借りてきたガイドブックの地図を見ながら悩んだ。「谷中七福神めぐり」のコースは、田端《たばた》の駅付近にある寺からスタートして、西日暮里《にしにっぽり》の住宅街にある寺や、谷中霊園の近くにある寺をまわって、上野の弁財天で終わる（もちろん上野から逆にめぐってもＯＫ）。「寿老人」を祀っている長安寺《ちょうあんじ》は、ちょうどコースの真ん中あたり、谷中の寺密集地帯にある。

（Ａ案）長安寺の最寄の日暮里駅で降り、直行して御朱印をもらい、さっさと帰ってくる。

（Ｂ案）せっかくだから全部まわり、七人の神様におばあちゃんの快復を祈願する。

まだ残暑も厳しいので、Ａ案を推したいところだが。……息をひきとったおばあちゃんの遺体の前で、「やっぱりあの時、全部まわっときゃよかった」と、後悔している自分をまたもや妄想して、速やかに田端駅で降りた。

しかし、江戸時代の風情など一パーセントも残っていない、車が激しく行き交う道の平均台のような歩道を歩き、噴き出してくる汗をぬぐいながら、私はこんなとこでなにやってんだ、とさっそくＢ案を後悔していた。やっぱりお焚き上げぐらいでよかったかなと心の中でぼやきながら、ようやっと一軒目の寺、東覚寺《とうがくじ》に着いたが、そこで得た情報に私はハンカチを持った手を止めた。

「お正月しか開帳してない？　七福神は見れないってことですか？」

この寺は、七福神の地味なメンバーのもう一人「福禄寿」という神様を祀ってあるはずなので、お参りしようと思ったが姿が見えない。キョロキョロしていると、本堂をお参りしていた物知り顔のオヤジが教えてくれた。

「見たけりゃ、お正月に来たらいいよ。御朱印ももらえるから」

物知り顔のオヤジは、そう言って去って行った。ということはシーズンオフには、それもいただけないということ？　おばあちゃんがもらっていない「寿老人」の御朱印をいただく予定であるお寺も、ここと同じ営業方針だったらどうしよう。時間かけてここまで来たというのに。電話して寿老人にアポとってから来ればよかった。出だしからくじかれて、私は日差しを避けて本堂の軒下に座った。横にある別のお堂の前には、朱色の紙がこれでもかと貼られて本体がすっかり見えなくなってる仁王像が立っている。ポンキッキのムックがさらに燃えてるみたいなそれにギョッとするが、体の悪いところに赤紙を貼るとご利益があると書いてある。おばあちゃんが病んでる腰と胸に赤い紙を貼って、もう今日はおうちに帰ろうかな。燃える仁王像をぼんやりと見て、自分のために貼るならどこだろうと思う。何はさておき、口だろう。まさに口は災いのもと。自分が発した一言で人の人生を変えてしまうことだってある。

「なんのために生きてんの、あんたは」

「一度、死んだ方がいいかも」

「生まれ変わって出直して来いっ！」

額に手をやって、うなだれた。大地に言った言葉は、どれを思い出しても、それが直接彼の死につながったように思えてしまう。私も死んだら地獄であのようにメラメラと火だるまにされるに違いない。七福神めぐりって、こんなに落ち込むもんだとは思わなかった。遠い目で境内を眺めていると、小さな池の横に鋳物の鳥の像があるのが目に入った。福禄寿も仁王像も、そこにあるのに姿は見えず、初めてちゃんと目に見えるオブジェクトに出会えて、少し気持ちが和んだ。あの脚の細さは鷺《さぎ》かな、いや、鶴《つる》だ。そうだ、鶴に違いない。

実はここに祀られている福禄寿という神様は、地味な名前を裏切るような容姿をしている。コーンヘッズのような長ーいハゲ頭（コーンヘッズとは逆で、先にいくほど広くなる）を持ち、恐るべきことにその頭と体の長さの比率は一対一であると定義されている。すでにジョージ・ルーカスがキャラクター化していそうだが、七福神の絵などにもちゃんと二頭身の姿で描かれている。七福神のメンバーは「恵比須は魚」「弁財天は琵琶《びわ》」など、それぞれにアイテムみたいなものを持っていて、福禄寿は傍らにいつも鶴をつれている。つるつるのハゲ頭と鶴をかけてるのかは知らないが、福禄寿が確かにここにいらっしゃる証としてシンボルの鶴の像があるのだ。とりあえず、その鶴に向かって手を合わせて、おばあちゃんの快復を祈った。汗も少しひいて、目を閉じると微風を感じる。鶴に微笑んでそこをあとにして、日暮里の方向に足を向けた。せっかく来たんだから、とりあえず行ってみよう。もしかしたら寿老人のいる寺は、超ビッグな寺で、二十四時間営業で、御朱印も年中無休で授与しているかもしれない。

ガイドブックの地図にしたがって裏通りに入ると、ようやく下町らしい雰囲気になってきた。と言ってはみたものの、東京二十三区外で生まれ育った私には、何が下町っぽいかなんてわからない。なんとなくそう思っただけ。例えば、この懐かしい佇《たたず》まいの理容室。古き良き日本の象徴、赤と青がまわっている床屋のサイン。ガラスに切り文字で「サロン・ド・ワールド」と、大きく発信しすぎた感じはする。それとは別に赤いテントの庇《ひさし》に店の名前が「グッドラック」って、ちょっと怖くないか……。江戸の頃からの伝統や、一昔前のセンスが、現役で残っているのが下町なのかもしれない。

とはいえ、道の左右にあるのはマンションや、三階建ての建物ばかりで、「グッドラック」的なものも思ったほどない。私の住んでる三多摩地区と、それほど大きな違いはない。下町の風景だ、風情だなんていうのは、住人が自ら言ってるだけなんじゃないの？　こちとら江戸っ子だとか、粋だとか、自分たちが特別みたいに言うけど、それを自ら言っちゃうところが逆にダサ……と、また毒づいている。仁王像にではなく、自分の口に赤紙を突っ込んでおいた方がよさそうだが、頭の中の呟《つぶや》きにまでは赤紙は貼れない。毒気のある性格は考えものだとわかっているが、それが私だからしょうがない。自分にとってはそれが普通だから、無意識に大地をイジメてしまっていた。あいつがマゾだったことも否めないが、だからこそ調子にのっていた。江戸っ子どころじゃない。ダメな男を教育してやってると思ってるぐらい、偉そうだった。

彼には彼の生き方があったと思う。そのやさしくてゆるい性格に向いてる平凡な仕事についていて、普通の女の子と結婚していたら、今頃やさしくてゆるい、ふつーのパパになっていただろうに。赤ん坊をタカイタカイして笑っている大地を、思い描く(でもヘタクソで子供は不安げな表情)。それが私とつきあったばっかりに……と今度は、牛や三輪バイクが行き交い、土ぼこりがもうもうと舞う異国の道に、顔を伏せてバッタリと倒れている大地の絵が浮かぶ。カメラは俯瞰《ふかん》からそれを映していて、サリーやターバンを着けた人が、行き倒れなど珍しくもないという感じで彼の横を無関心に通り過ぎる。パーッパーッと無慈悲なクラクションの音……。

また滅入ってきた。本当に七福神ってどんよりしちゃうなと、ゴミ一つ落ちていないアスファルトの道を、黙々と歩いた。このまま私まで消えてしまいそうだと思っていたら、下町でも三多摩地区でも、おそらくインドでも、ワールド的に愛されている香ばしい匂いがしてきて、私は顔を上げた。数メートル先に、匂いの出所を発見。オレンジが鮮やかな北欧風の店構えのパン屋があって、整然とした下町の風景に妙にあっている。この店は七福神めぐりに何ら関係はないと思われるが、ぜひ寄りなさいと、胃袋の神様が言っているのが聞こえた。

なんだ、けっこう楽しいじゃないの七福神めぐり！　焼きたての嘘みたいにおいしい丸パンを頬張りながら、足どりも軽くルートに戻っていた。新と旧が融合していて、なかなか粋なところだ、日暮里。暗くなりがちだったのは、お腹が空いてたからかも。目線も自然と上にあがって気づかなかったものも見えてきた。ビルの中に埋め込まれたように入口の瓦屋根だけが残っている銭湯。ちゃんと営業していることを示すように、屋上から煙突がピョコンと出ている。下町って、こういうところが面白いよね。買いすぎたかなと思ったけれど余裕で三つ目のパンをかじりながら、横道に入ると、つきあたりに緑にこんもりとかこまれた、七福神めぐり二つ目の寺が見えてきた。

青雲寺《せいうんじ》、ここには主要メンバーである「恵比須」さまが祀られている。はずなのだが、やはり神様も、人の姿もなく、シーズンオフという雰囲気。本堂も、細かく桟が入った木製の戸がピッタリと閉まっていて、賽銭箱《さいせんばこ》すら出されていないので、その前でとりあえず手を合わせた。横に縁台があり、私はそこに腰かけて四つ目のパンを食べ始めた。恵比須さまのアイテムらしきものも、見当たらない。白に黒ブチの猫が日陰から出てきて、肉球の御朱印でも捺《お》してあげましょうか？　と言うように、私の前をのんびり横切って行く。お寺というよりは人んちの庭にいるような気分で、秋の始まりにまだ木陰を作ってくれている枝垂桜の枝を見上げた。

江戸後期、泰平の世になって庶民の間では花見が流行り、この青雲寺と、次に向かう修性《しゅうせい》院《いん》も「花見寺」と呼ばれるほどの桜の名所だったらしい。明暦の大火で焼けた寺などが幕府の政策によって移されたことから、この一帯は寺の密集地になり、それに伴い参拝に来る人の数も増え、いつしか行楽地となって、日が暮れても帰りたくないから「日暮の里」と呼ばれるようになったとか（道にあった史跡案内板の解説より）。今で言うとディズニーランドか、お台場か。春は花見、正月は七福神めぐりと、この界隈《かいわい》にくり出すのが、当時の江戸庶民の最新の娯楽だったのだ。その光景を思い描いてみようとするが、現代の建物に囲まれた、こぢんまりとした境内の中では、なかなか難しい。今も、桜の季節はきれいなのかな、とパンの袋をまるめてバッグにしまった。

花見だなんだと、何かにかこつけて出かけるのが好きなのは、近頃の庶民も変わらない。

「涼しくなってきたから、女三人で日帰り温泉に行かない？」「そろそろ食欲がでてきたから、デザートビュッフェに行かない？」などと、女友だちから誘いがくる。

「結婚したいから、出雲大社《いずもたいしゃ》に行かない？」

私と同じ歳で、同じく独身で、同様に毒舌の親友、真沙代《まさよ》からもメールが来ていたが、ずっと返信していない。最近つきあいが悪いと怒っていることだろう。大地が亡くなったと聞いてから、彼女にも自分が悪い影響を与えているかもしれないと気になり始めて、どうも会う気がしない。彼女に男ができないのも、結婚できないのも私のせいかも。なぜなら彼女は大学時代は、かなりのモテ系だった。当時のミスキャンパスが、自慢の彼氏を真沙代にとられたことを恨んで、ミス武蔵野コンテストに一緒に出ろとガチンコ勝負をかけてきたぐらいだった。ちなみに二人とも二次審査で敗退したから、その程度だけど。

そんな真沙代と、対照的にメイクもしないで学内で反対運動みたいなことばかりしていた私は、もちろん生息する場所も交遊関係も違って、それこそ大地をとおして顔を知っているぐらいだった。それが社会人になってから偶然、ベンチャー起業家のためのセミナーで再会し、意気投合して親交を深めるようになったのだが。とたん真沙代は彼氏と別れ、それきりずっと男日照りに悩まされている。気のあう女友だちがいると、たとえ死にたくなるような嫌なことがあっても、すぐに電話して、吐き出して、同情を得られてスッキリするから、非常によろしくない。支えてくれるボーイフレンドなどいなくても女友だちと騒げば、翌朝から日経と宇宙食みたいなゼリーを片手に腕を大きくふって出勤できる。もし、本当に女友だちのことを思うならば、「ちょっと聞いてよ！」という電話がかかってきたら、即、携帯の電源を切るべきだ。そうすれば相手はパソコンを開けて、マッチ・ドットコムのサイトを眺めるぐらいの努力はするようになるだろう。とはいえその程度ならお互い様だけれど、私の毒舌が彼女に伝染したのは致命傷だ。最後に話した時に真沙代は言っていた。

「この前、営業先に行ったらさ、『女性が担当だとは思わなかった』なんてぬかすから、『そちらの男性社員がお持ちのものより、大きな肝っタマは持ってますから、ご安心を』って返したら、みんなポカーンでさ。あの会社の社員、脳みそに精子入ってんのよ。タマげたもんよ、ハハハ」

　師匠の私よりも、最近は過激になってきている。この発言を聞き、結婚したいのなら、良縁を出雲大社に頼むより、まずは私と縁を断ち切って、もっと品の良いお友だちとつるんで花見に行ったり、デザートビュッフェに行った方がいいと、つくづく思った。だから彼女とは連絡を取らない。七福神に良縁を祈っておいてあげよう。膝の上のパンくずをはらって、黒ブチの猫に会釈をすると、私は次の寺に向かった。

　探さなくても、三つ目の寺がここだとわかったのは、寺の壁に七福神の布袋尊の絵が描いてあったからだ。太った腹を丸出しにしている布袋さまが子供たちと戯れているファンシーな絵が、いくつも壁に埋め込まれている。同じ仏教キャラでも奈良の「せんとくん」ほどキャラクター化したくないという画家の自制心と、でも愛着を持って欲しいという思いが、微妙に戦っているタッチに仕上がっている。そんな絵があるから、中に幼稚園でもあるのかと思わせるが、境内に入ると大きな桜の木の向こうに本堂が厳粛に鎮座していた。青雲寺と同様に扉は閉まっているから中は見えない。こちらもやはりお目見えはできないようだ。この辺りの寺はまったくやる気あんのか、と思いながら、手を合わせてそこを後にした。真沙代のことを祈るの忘れたと、門を出てから気づく。

寺を出ると左手に坂が現れ、私は足を止めて、直線に上がって行く坂の頂上を見上げた。富士山が見える「富士見坂」と看板にある。私は高所が、おいしいものの次に好きである。本当は自分の足ではなく、四角い箱とかに乗って行くのが好きなのだが、四つのパンで布袋腹になってるのが気になるので、自力で上ってみることにした。残暑のさなかにこんなとこでなにやってんだとすぐさま後悔して、メタボのオッサンのように息を荒くしてようやく頂上にたどりつき、坂をふり返った。

江戸時代、谷中が行楽の地だった頃、スカイツリーに上るのと同じように興奮して、江戸庶民はここから下界を見下ろしたことだろう。富士山まで遮るものもなく見渡せて、足元には満開の桜の花が桃色の海のように広がり、まさに桃源郷《とうげんきょう》を想わせる絶景を見て、ああ、時間かけて歩いて来てよかったなぁ、と誰もが思ったに違いない。そして、また明日から下界であくせく働くのだと思うと帰りたくなくて、富士山の向こうに日が落ちるまで、ずっとここにいたのだろう。残念なことに二十一世紀の今はビルしか見えなくて、富士山がどの隙間に見えるのだろうかと想像するだけだ。建設中の建物の陰になって既に富士見えず坂なのかもしれない。けれども、こうやって俯瞰で見ることによって、ここがかつて行楽地であったというイメージが少し湧いてきた。アップダウンのある土地の形状からも、なんだかうきうきとした楽しい感じが伝わってくる。右の彼方はやはり花見で有名な飛鳥山《あすかやま》、そして左は上野の山。娯楽と言っても現代のように何があるわけでもなく、四季の自然を愛でるか、菩提《ぼだい》寺《じ》に参るか、お茶屋で団子を食べるかぐらいのシンプルな楽しみだったのだろう。それでも庶民にとって、しばし浮世を忘れることができてワクワクする一帯であったのだ。ようやく自分が歩いてる場所が把握できた私は、携帯をかざして坂からの眺めを一枚撮り、今来た坂をゆっくりと下った。もはや昔のように団子一本では楽しめなくなっている現代人の方が、よっぽど不幸だな、と思いながら。

「アツ、うまッ」

コロッケ一個で、めっちゃくちゃ幸せなんですけど。しかし安くてうまいなぁ。メンチも食べちゃおうかな。谷中の商店街にある惣菜《そうざい》屋の前で揚げたてのコロッケを立ち食いしながら、充分に江戸庶民レベルで楽しんでいる私は、他にもおいしい店はないかなと見回した。この「谷中銀座」が情報番組で紹介されているのは何度か見たことがあるが、実際に来てみると、並んでいる店の軒がそろって低いのが可愛らしい。言い訳するわけではないが、七福神めぐりのルートは、嫌でもこの谷中銀座の入口にぶつかるのだ。本ルートは商店街を背にして「夕焼けだんだん」と呼ばれている階段を上り、日暮里駅の方へと向かうのだが、「ルートを大きくはずれてます」というナビの声を無視して私は商店街を進んだ。あっ、アレもおいしそう、ネコのシッポの形したドーナッツ！　油っぽいところにまた足が向く。はいどうぞ、と油紙で包んで手渡された白砂糖を使っていない自然な甘さのネコのシッポをかじりながら、いつの世もおいしいものは人を幸せにするなー、と前言を素直に撤回。

　しかし、昔と今と大きく違うところは、この私のように飽くなき欲求が止まらないところだ。夕どきのテレビを見れば、ギガ盛や食べ放題がこれでもかと出てくるし、ゴールデンの時間になれば豪華料理や人気メニューがゲームの材料にされて、タレントが視聴者に代わってそれを食べる。そんな映像を見ていると、豊さとは何かと考えさせられる。結局のところ、いくら食べても欲求はとどまらず、コロッケ一個じゃ満足しないのだ。江戸時代、電車も車もなく、何時間もかけてこの辺りまで歩いてきて、お茶屋で疲れた足を休め、白湯《さゆ》で喉を潤していただく、醤油で焼いただけの団子はどんな味だったろうと、改めて思う。その豊かな時間と団子のうまさは、やはり私たちには味わうことができないものなのである。

　私も飽くなき欲求はほどほどに抑えて、正規ルートに戻ると、夕焼けだんだんを上がった。いよいよ次が本命の寺、長安寺だ。今までの感じから行くと「寿老人」を拝める確率は低い。御朱印もおそらくお正月しかくれないかもしれない。でも奥の手がある。この色紙を寺の住職に見せて「祖母が臨終の床にあって、寿老人の御朱印がないと極楽浄土に行けないと死にきれないでいる」と頼めば、相手は仏に仕える身だから、さすがに嫌だとは言えないだろう。

谷中霊園へと導く裏通りに入り、ガイドブックのマップによれば右手に長安寺はあるので、気をつけて見て歩いていると、「薬膳カレー」という幟《のぼり》がおもいっきり目に入ったが、出ているメニューを見たい衝動をぐっとこらえて、先へと進んだ。そのように注意していても、私は長安寺の前を行き過ぎてしまった。これは、おばあちゃんもうっかり過ぎてしまって、ゴールの上野で「あれ、六つしかない！」と気づいたのかも。引き返して、見落としてもおかしくない、ひっそりとした門構えにようやく寺の名前を見つけた。年中無休な感じの大きな入口が他にないかと見回したが、ないようなので「祖母が重篤状態で」と、せっぱつまった感を練習しながら、小さな墓地が敷地の中にある境内に足を踏み入れた。

「あっ、開いてる」

　本堂が開いてるのが四軒目にして初めて見えて、思わず声にした。これは幸先いいかも、演技しなくても普通に御朱印もらえるんじゃない？　と、そちらに向かおうとした時、どやどやと黒ずくめの人たちが本堂から出てきて、境内はあっと言う間に暴力団の総会のように黒服の集団でいっぱいになってしまった。彼らに囲まれた私は、慌てて今入った門から逃げ出し、道から恐る恐る中の様子をうかがうと、こわもてな人は一人ぐらいで、ヤクザにしては可愛らしい女児もいて、法事に来た親族の一団であるのがわかった。納骨式だろうか。遺骨を先頭に皆ぞろぞろと境内にある小さな墓地へと移動している。誰が亡くなったのだろう。小さな子もいるから、おじいちゃんとか、おばあちゃん……。はたと手に持っている色紙に目を落とした。福の神が祀ってあるのも寺だが、死んだ時に人が面倒を見てもらうのも寺。祈願をしたり縁起の良い場所でもある反面、死に最も近い場所でもある。本堂の横に墓があるぐらいだから、わかりやすい。黒の集団の中に袈裟《けさ》をまとった住職らしき人も見えたけれど、さすがに今は御朱印をいただくタイミングではないだろう、と速やかにそこを離れた。

ここまで来て残念ではあったが、正直、喪服の集団から受けた衝撃の方が大きかった。行楽の地でもあるが、寺が点在する町並みに黒の一団は違和感なく溶け込んでいた。墓地があっての寺。寺があっての花見なのだ。浮世から離れた桃源郷が美しいのも、死の世界にどこかでつながっているからかもしれない。

薬膳カレーを運んできてくれた店員の女の子は黒髪がきれいな、かの地の人であった。私はしばし、人を魅了するアーモンドのような大きな目をした彼女を見つめてしまった。

「こちらの薬味も一緒に入れてお召し上がりください」

言葉が流暢《りゅうちょう》なので、日本育ちかハーフかも。厨房に見えるのは日本人だけれど、彼女がいることでそうなっているのかカレーも本格的にスパイシーで、辛《から》い。それがまた後をひいて、やめられない。飽くなき欲求に打ち勝つのは難しいなぁ、と店内を見る。年期の入った自然木のテーブルが並び、商店街と同じく天井が低くて、カレー屋というよりは喫茶店の雰囲気。疲労回復に効く薬味と野菜が入っているカレーをライスにかけながら、必然的に思いはインドで亡くなった大地のところへと再び飛んでいく。インドでいったい何があったのだろう。病気か、事故か、事件か。最期に彼は何を思ったのだろう……と考えると、胸がぐっと握り潰《つぶ》されて息ができないような感覚に襲われる。そして言いようのない罪悪感。私のせいだ。

海外でボランティアをやりたい。

あれは、一昨年《おととし》の暮れ頃。大学の恩師の出版パーティーで、久しぶりに会った大地は、私に言った。私にとっては親しい恩師だったけれど、大地は一般教養でしか彼の授業を受けていないはずだから、私や友だちに会うためにパーティーに来たのは明らかだった。ビールの入ったグラスを片手にやってきた彼は、相変わらず高校生のようなのほほんとした顔をしていた。別れてから五年以上は経っていたし、大人どうしだから、元気でやってる？　などと互いに愛想よく社交辞令を交わした。そこまではよかったのだが、大地は飲み物をウィスキーに変えると、用意していたように、

「海外で、ボランティアでもやりたいと思っててさ」

また、そんな浮ついたことを言ってきたのだ。私が学生の頃と同じようにそれに食いつくと未だに思っているのだろうかと、ムッときた。その手の話には、正直うんざりしていた。二十代、ずっと何かに「打ち込んできた」私だったが、ちょうどその頃、これが最後のチャレンジだと、人生を賭けて打ち込んだ最大の杭が、見事にずぶずぶと沈み始めて、浮いてきたのは借金だけ？　という悲惨な状況下にあった。なので、もう人類のためとか、地球のためとか、破壊されつつあるオゾン層のためとか、聞きたくもなかったから、私は意地悪く、こう返した。

「国内だってボランティアはできんじゃないの？」

それが、最後に私が彼に言った言葉だ。この言葉が彼を死に追いやってしまった。いや、冗談ではない。笑いごとでもない。本当に、私があんなことを言わなければ、今頃彼は元気で、日本の牛丼屋で三百五十円のカレーを、うまいうまいと食べていただろう。真面目に返さず「へー、いいんじゃないのぉ？」ぐらいに軽く流しておけばよかったのだ。そうすれば、

「ボランティアをやりたい」という言葉は、私に対するアピールだけで、つまり言葉だけで実行することもなく終わっていたに違いない。「国内だってできんじゃないの？」という私の意見に反発して、わざわざ遠い、それも「インド」なんて場所を選んで行くことはなかったはず。私の発言に関係なく、最初からインドに行くつもりだったんじゃないの、と言う人もいるだろう。いや、それは絶対にない。彼はそういうヤツなのだ。誰がなんと言おうと、けしかけてしまったのは私だ。

自分の影響で、彼の人生を狂わしたと思うのは、かなりのおごりだと私も思う。でも実際、そうなんだもん！　私とつきあうまではマクドナルドでマンガを読んでいる時が一番幸せだったと言う大地は、大学を卒業する頃は、当時はまだ少なかったフェアトレードのコーヒーしか飲まなくなり、就職先も、廃材をリサイクル加工して、道路資材や建材を作る会社に就職した。私は就職せずに院に進んで、それを途中でやめてボランティア団体で働いたり、自分で新しいNPO法人を作ったり、ガンガン杭を打ち込んで、最後には豊かな未来のために地球と人間にやさしい新しい形の農業をやるんだと、ぶっとい杭を打ち込む覚悟をして東京を離れた。大地と別れたのもその頃だ。別れてからの彼のことは、よくは知らない。でも彼は、おそらく私のことを引きずっていて、それが彼の運命を悪い方へと向けてしまった。うぬぼれてると言われても、自信を持って私は罪悪感を感じている。

ラッキョウの甘酢漬けをかじりながら後悔と回顧にふける。インドにもラッキョウはあるのだろうか？　インドでも人が死んだら黒い喪服を着るのだろうか。インド映画を思い出し、葬式のシーンは何色を着ていたかな？　と記憶をたどっていたら、ガンジス河の横で非常にシンプルな手段で火葬にされる遺体の映像が浮かび、ラッキョウを嚙《か》む口が止まった。いやいや、大地はもちろんこっちに戻ってきて日本式で火葬にされたはず。

「こんな季節に七福神めぐり？」

私はびっくりして、隣のテーブルを見た。つっかけを履いた中年の女性に声をかけられて、ラッキョウを飲み込みながらうなずいた。そんな本があるのね、私のガイドブックを見て言う。

「この時期じゃ御朱印はもらえないでしょう」

私はもう一度うなずいた。困ったもので、他人と関わりたくないと思い始めたとたん、なぜだか他人というのは積極的に接触してくる。

「お正月に来れば、ご開帳してるわよ」

また無言でうなずいて返した。

「カレーは暑い時が一番ね。だいぶ涼しくなってきたけど」

中年女性は、黒髪がきれいな店員に言った。彼女も無言で微笑んで、グラスに水を差している。

「お正月にいらっしゃいよ。賑やかよ」

また私に目を戻して言った。お正月まで待ってたら、おばあちゃん死んじゃうかもしれないんです。

「御朱印もらえないでしょう。お正月ならもらえるから」

オバさんって、なんで同じ言葉をくり返すんだろう。

「こんな季節にねぇ」

彼女は私を指して言った。

「夏じゃなくて、お正月に来ればいいのよ」

「わーかってます！」

私はそこで初めて声を出したが、声が大きかった上に、ラッキョウのカケラが口から飛び出しガイドブックの上に落ちた。黒髪の彼女も目を更に大きくしてこちらを向いた。

「いろいろあんだから、ほっといてよ、もう！」

店内はしんと静まり、中年女性も、その後は紙ナプキンで鼻の頭を拭くことに専念していた。

レジで代金を払う時、黒髪の彼女はありがとうございましたと言って、なぜか私に親しげに微笑んだ。正面から見た彼女の顔の美しさに改めて圧倒されてしまった。何一つ無駄なものがない、古代の彫刻のような人間の完成形が、生身で目の前にある。インドの人が手を合わせて挨拶する気持ちがわかる。誰もが仏像みたいな顔をしているから、自然とそうなってしまったのかもしれない。手を合わさなかったけれど、目を伏せて、ごちそうさまでしたと丁寧に返した。店を出る私を、中年女性はまだ何か言いたそうに汗を拭きながら横目で見ていた。なぜ人は、わざわざ人と関わろうとするのか。その気持ちが今の私にはまったくわからない。私と関わるとろくなことはないのだから、本当にほっといて欲しい。

徳川家の菩提寺でもある上野の寛永寺《かんえいじ》。その横に、同家の墓地でもある谷中霊園がある。新興住宅地の山のてっぺんにあるような、角に頭をぶつけたら血が噴き出しそうな墓石が並ぶ今どきの墓地とは明らかに違い、何百年も前に切り出された墓石は、長い年月、風雨にさらされて角が落ち、石本来の質感を取り戻している。初秋の日差しの中に白っぽいそれが延々と並んでいる光景は、波が作り出した岩場と同じく自然が生んだ風景のようにも見えて、どこか明るい。苔《こけ》がついてるところも海藻のようで海っぽいし。さまざまな墓石をぼんやりと眺めて、自分が踏む砂利の音しか聞こえない墓地の中を通る道を歩いた。本命の寺で御朱印をもらいそこねた私は目的を失い、帰ろうか、どうしようかと悩みながら惰性で歩き続けてここまで来てしまったが、寛永寺とは霊園をはさんで逆側にある、七福神の五つ目の寺、天王寺《てんのうじ》に足は向いていた。

毘沙門天が祀ってある（が、やはり姿はない）天王寺は、これまでの寺とはがらりと雰囲気が変わって、本堂もコンクリートの柱で支えられている。現代に造られた和風建築は洗練されていて、短く刈られた芝が敷かれホテルみたいに小ぎれいだ。ここは繁盛しているお寺の匂いがする。若い、現役のお寺。コンクリートの段に座って、私はすっきりとした広い境内を見渡した。


若くて現役の学生だった私たちは、大学の構内で出会った。

「教員専用駐車場、増設工事反対の署名にご協力くださーい」

教育学部の三年だった私が差し出したビラを受け取った大地も、商学部の三年だった。

「あのー、聞いていいですか？」

彼は言った。クリップボードを抱え、一人で学食の入口に立って声をはりあげていた私は、背ばっかり立派にのびちゃってるけど未だに高校生みたいな顔をしている、システム手帳しか持ってない男子学生を見上げ、はい、と答えた。

「なんで、こんなことしてんですか？　こんなことしてなきゃ、かわいいのに」

大地は悪びれず私を見て言った。署名運動をしていると声をかけてくる男子は他にもいたけれど、ここまでアホなことを言ってくる人間はいなかったから、逆に面白くて返した。

「ありがとう。あなたも問題意識を持ってるふりだけでもしたら、その童顔でもモテるかもよ。署名してみたら？」

あ、いいっすよ、と彼は言って、ファミレスの案内待ちを書くように『クロダダイチ』とカタカナで書きやがった。

「もっとたくさん署名、欲しいっすか？」

大地は、週末の合コンで女子の人数が二人足りなくて困ってるから、友だちを連れて来てくれたら、ゼミと男子寮で署名を集めてきてあげると、取引条件を出して、私はそれをのんだ。大勢の女友だちの中から、コンポスト（生ゴミが出ない）と呼ばれてる子を選んでその合コンに連れて行き、彼女が男などには目もくれず、刺身のツマまで残さず料理を小気味よくたいらげていくのを見ながら、私は横にいる大地に、君は合コンをやるために大学に入ったのか？　と説教をした。え？　就職のために大学入った？　そんなへのへのもへじみたいな顔してたら就職だってできないと思うよ。どういうことしたいの？　楽して儲けたい？　君は、とりあえず一度、死んだ方がいいかもね。日本のためにも地球のためにも。なに？　オレ一人が真面目にやったところで世の中は変わらない？　だったら井の頭動物園のサル山で君よりいろいろ考えてるアカザルのボスに選挙権を譲ってあげなさい。ホント、死んでミトコンドリアぐらいからやりなおした方がいいんじゃない？　などと返したが、それが逆に新鮮だったようで、

「口が悪い女ってのも、なんかグッとくる」

彼がマゾに目覚めた瞬間だった。翌週に彼は約束どおり署名を集めて私のところに持って来た。その中に名誉教授の孫の名前があり、大学側が一応教授におうかがいをたてたらしく、しばらくして工事の中止が告示された。

自分が集めた署名によって駐車場にならずにすんだ敷地――雑草で荒れ放題になっている使われていないテニスコートを見て大地は言った。

「君、テニスサークルの人だったの？」

「違います。駐車場にするなら、もっと他に使い道があるでしょって話、ビラを読まなかったの？」

学生にアンケートを取って、半年後に、そこに小さな野外ステージのある広場が皆の手によって作られた。

「確かに、合コンより面白いかも」

大地は広場を見て満足げに言って、私はその頃から、なんでか彼とつきあっていた。いく

ら叩いても起き上がってくるパンチング人形のような彼のオシの強さに負けたのもあるけれど、署名のように彼と一緒にいるとなぜか物事がうまく行くのも事実だった。私にとってラッキーマスコットみたいな人。

「もしあの時、君に声をかけてなかったらさ」

CO_2削減を呼びかけるポスターを二人で掲示板に貼っている時、彼は言った。

「こういう環境とかの問題にも気づかなくて、あのままバカな男でいたかと思うと怖いよ」

いや、まだ言うほど変わってないよ、と返すと、

「んなことないよ。オレもCO_2出さないように、極力ため息とかつかないようにしてんだぜ。えらいっしょ？」

だったら「へをへらせ」と私が言って二人で笑ったが、冗談を言ってるのかアホなのかわからないところも大地のいいところだった。


レトロなガラスの器に盛ってある黄色いゼリーのような食べ物は、台湾からやってきたデザートで、レモンのシロップがかかっている。コンクリートのモダンなお寺を後にした私は、上野方面へと向かっているが、七福神めぐりの六つ目の寺の手前で、『愛玉子』という看板を掲げた昭和初期の雰囲気を残す甘味屋さんを見つけた。あいのたまご……。文字どおりに

読むと、なんとなく恥ずかしいが、「オーギョーチー」と発音するその食べ物を注文すると、看板と同じ色の透明なこれが出てきた。食感はゼリーよりも、トコロテンに近く、シロップが遠慮なく甘い。喉越しが良いから、パンとコロッケとドーナッツとカレーで満腹なのにツルツル入っていく。私の他には、若いカップルが向き合って同じものを食べている。店主らしきおばさんは、テーブルを拭きながら店内にあるテレビで、サスペンスドラマの再放送を見ている。前に台湾に行った時も同じオーギョーチーと呼ばれてるものを食べたが、それはタピオカのようなゼリーの玉がいっぱい入った飲み物だった。おそらく時代とともにそれも変化していて、ここの愛玉子は、昭和の時代に台湾から来た時の形でずっと残っているのだろう。素朴な味と懐かしい店の空気が時間の流れを止めている。どうも谷中は、過去に思いをはせる場所のようだ。御朱印が欠けたままの、おばあちゃんの色紙を傍らに置いて、大地も甘いものが好きだったなぁ、とまた考えている。つきあい始めた頃の私は完全な自然食志向で、大地に、

「干し柿とか煮豆とか食ってるから、地味に見えんだよ。かわいいんだから、たまにはアツゾコでも履いて、街でジェラートとかベルリンワッフルでも食えよ」

と言われて、ベルギーワッフルだよ、と返していた。が、そんなことを言っていた彼も、次第に私に影響されて、

「沖縄産の黒砂糖って、そのまんま舐《な》めるのが一番うまいよなー」

などと言うようになった。私の真似してパッケージに明記されている原材料を見る習慣もついて、

「ちきしょー、この『サクサクポテト、サワークリーム&ガーリック味』、添加物しか入ってないぜっ」

彼がコンビニの棚に叩きつけるようにスナック菓子の袋を戻しているのを見て、ホントは食べたいんだろうなと思ったが、自分に影響されている彼を見るのは、嬉《うれ》しくもあった。相手が自分と違えば違うほど、影響されて変わっていくのが目に見えるから、それが自己存在の確認になり、喜びになる。また逆に、相手の持っている異なる価値観に刺激を感じることもある。ちょっとヤバい男がモテたりするのも、若い時ほど異性にそれを求める傾向があるからだ。それで結婚しちゃうと後から後悔、となるのだが……。私も大地をおバカだと思いつつ、自分にはない彼の感性を楽しんでいた。でも、自分で言うのもなんだが、彼の方が私に夢中だったたと思う。

「のぞみに出会ってなかったら、今頃オレは添加物でガンになってたよ」

ある時、また彼は私を見て言った。添加物の摂取だけが必ずしもガンの発病リスクを負うものではないよ、と私は正したが、聞かずに彼は告げた。

「よかったよ、あの時声をかけて。かけてなかったら、オレぜったい早死にしてたよ。そしたらのぞみに出会うこともなかったかもね。君に声をかけたから、オレはガンにならず死なずにすんで、君にも逢えたっていうことで……あれ？　変だな」

聞いてるこちらも頭がおかしくなりそうだったが、とにかく、と後頭部に手をやるいつもの仕草をして大地は言った。

「とにかく、君に逢えたことで、君に逢えてよかった」

愛の告白だったらしい。署名を集めた時もそうだったが、彼は最後には私に清々《すがすが》しい風をもたらしてくれた。それは確かだった。爽やかなレモンの香りのする黄色いゼリーを私はツルンと飲み込んだ。大地は、今も添加物は食べないようにしているんだろうか？　愛玉子の最後のひとかけをスプーンですくおうとした私は手を止めた。

彼は、もう亡くなっているのだ。

時間が止まっている甘味屋にいるせいか、すっぽりそのことを忘れていた。添加物をあのまま食べていなかったとしても、大地はもう亡くなっている……。

上野の東京芸術大学の横にある護国院《ごこくいん》という寺を、私は知っていた。以前、この辺りを通りがかった時に、境内に能楽堂があるのが道から見えたので、ここは何だろう？　と思ってるだけに、木造の大きな本堂は歴史を語るように黒々としている。こちらにせまってくるように大きな屋根が曲線を描いていて、その軒下に「大黒天」と書かれた細長い提灯《ちょうちん》が左右対称に下がっている。提灯にもあるように、大黒天（でも、どうせ見られない）が祀られている七福神めぐり六軒目の寺は豪奢でありつつ、庶民的な愛嬌もある。一人で参拝している人がけっこういて、商売繁盛を願う人が絶え間なく訪れてくる雰囲気は、先ほどのモダンな寺とは違った「現役」な印象をうける。年をとっていてもそこらの寺にはまだまだ負けませんよと、でんとしている本堂へと向かい、私も他の参拝者に続いた。お賽銭箱も、どんどんいらっしゃいという感じでやたら大きい。前の人に続いて段を上がり、賽銭箱の前に下がっている太い紐《ひも》で、ドラのような鐘を、コンと地味に鳴らし、賽銭を投じて、手を合わせた。

数秒で闇から出た私は、速やかにそこを退こうとした。が背を向けた瞬間、賽銭箱の向こうに見たものが遅れて脳に届いて、足が止まった。本堂は格子のガラス戸で閉じられているが、それ越しにエコな行灯《あんどん》の明かりに照らされている祭壇が見える。釈迦堂であるから、真ん中に祀られているのは釈迦如来《にょらい》のはずだが……。

「ああっ！」

声をあげて本堂をふり返った。他の参拝者がいるのもかまわず、私は段をかけあがって

(後から土足厳禁と知る)、ガラス戸にへばりついた。

「いたっ！」

ど真ん中に、ちんまりとおわすのは如来ではなく、間違いなく「大黒天」だ。べつにこの人に会いに来たわけじゃないのだけど、初めて、ようやく、六軒目にして、七福神の一人に出会えた。三頭身ぐらいの体型で頭巾をかぶり、右手には小槌《こづち》、左手に大きな袋の口を握り、二つの米俵の上にのっている。木彫りの像のようだが、祭壇の金箔が映って輝いている。まるっこくて、かわいい。もっとよく見ようとガラスにおでこをつけていると、戸が横に引かれて開いた。

「どうぞ、中に入られて、ご覧ください」

お寺の人らしい年配の女性が、私を見て笑いながら開けてくれた。えっ、そんな気軽に入ってもよいのでしょうか？　と戸惑いつつも、お言葉に甘えて靴を脱ぎ、恐る恐る中に入ってみた。そこに立つと中は想像以上に広い畳敷きで、圧倒されて外観と同じく黒光りしている天井を見上げた。まるで異空間に飛び込んだようだ。お参りしている人の視界に入らない位置で正座し、首を伸ばして改めて大黒さまを間近で拝見させてもらった。

大黒天のルーツは、ヒンドゥー教の戦闘神シヴァ神の化身「マハーカーラー」という神様で、その名は「大いなる死」という意味らしい。インドでは、死は「再生」をも意味するので、崇められ、新しいものを生み出すとされる「火」を扱う台所に祀られる。そのマハーカーラーも例によって中国に渡り、大黒天と名前を変え、仏教では富と財力の神となって、私たちの国にもやってきた。日本でもまた、「大黒」と「大国」が読みが同じことから「大国主命《おおくにぬしのみこと》」と入り交じってしまい、頭巾をかぶり袋を背負ってる姿がそれから借りられて、このスタイルに落ち着いた。つまりインドの戦闘神マハーカーラーと、大黒天は似ても似つかないということだ。確かに三頭身の神様は、恥じらうように目を伏せていて、戦闘の神様には見えない。デコピンしただけで倒れちゃいそう。じゃあ富と財力をもたらしてくれるのかというと、それだってちょっと自信なさげな表情で、こんなんでご利益があるのだろうか？と不安になる。けれど、これこそが神様の力で、その謙虚なお顔を拝むと商売人たちは、儲けばかり考えないで誠実な商いをしなきゃいかん、と心を改める。人に喜ばれる商売をすれば、良いお金を得て、本当の財がそなわるという教えなのだ。

私は一人で納得して、うなずいた。そのやさしいお顔は、いつまでも飽きずに見ていられる。富と財力にもあやかりたいけれど、今、このひとときに心の平安が感じられるのが、何よりもありがたかった。マハーカーラー。死は再生であると教えてくれる神様の表情が……どこか大地に似ているというのは、出来すぎだろうか。何年も会ってないから都合よく変えてしまっているのかもしれないけど、スッと切れてる目尻も彼に似ていると思った。

巨大な平べったい葉が、うごめく生き物のように水面を覆いつくしている。見渡すかぎりの蓮池、人呼んで不忍池《しのばずのいけ》のほとりに、私は佇んでいた。弁財天が祀ってある赤い八角形の弁《べん》天堂《てんどう》が私の後ろにそびえている。これで「谷中七福神」を、一応は全てめぐった。結局、祖母がもらいそこねた「寿老人」の御朱印を、私も同様にもらいそこねてしまった。おまけに七福神めぐりのシーズンでもないから神様にもほとんどお目見えできなかった。わざわざこんなところまでいったい何をしに来たんだろうと、私は次から次へとこぼれる汗ではなく……涙を、ぬぐいながら思った。

蓮池を見た瞬間から、言葉にならないものが胸の奥から込み上げてきて、涙が止まらない。谷中の坂の上で想像したのは桃源郷だったが、ここは想像しなくても「極楽浄土」の風景だった。御朱印をもらいに来た私は、いつのまにか、現世じゃない世界に迷い込んでいたようだ。姿が見えない神様たちに導かれて、小さな旅をしてしまった。自分が、ここに何をしに来たか、心のどこかではわかっていた。おばあちゃんのためでもあるけれど、訃報を聞いて半年たって、そろそろ大地の「死」にちゃんと向き合うために、ここに来たのだ。それは漠然としていた罪悪感と、向き合うことでもあった。彼の死顔を見たわけではないし、実感は未だにない。でも七福神をめぐっていたら、抑えていた彼の記憶がぼろぼろと出てきた。べつに大した記憶でもないのだけれど。私たちは最初からやはりどこか無理のあるカップルで、別れた時もまわりの人間は驚かなかった。このまま記憶をたどって行けば、さらに後悔や、後味の悪い思い出ばかりが出てくるだろう。なのに、なぜ大地の記憶とともに見ている蓮池の風景が、こんなにも胸にせまってくるのだろう。初めて一人で見る風景なのに、大地と一緒にどこかで見たことがあるようにも思う……。

やはりこれは彼を弔《とむら》う旅だったのだ。視界を埋め尽くしている大きな蓮の葉は、葉先から水分を失い始めながらも、太い茎にはまだ夏の熱気を蓄えている。来年新たに芽を出すためのエネルギーを、今から貯めているかのように。それを見つめて、死は再生、という言葉をまた思い出す。全てが無くなって消えてしまっても、再び何かが生まれてくる。目には見えない、何かがそこにあるからだろうか。その曖昧《あいまい》なものを確かめたくて人は、見える形で神様というものを表現するのかもしれない。けれど、目には見えないのがやはり神様なのだ。

谷中七福神

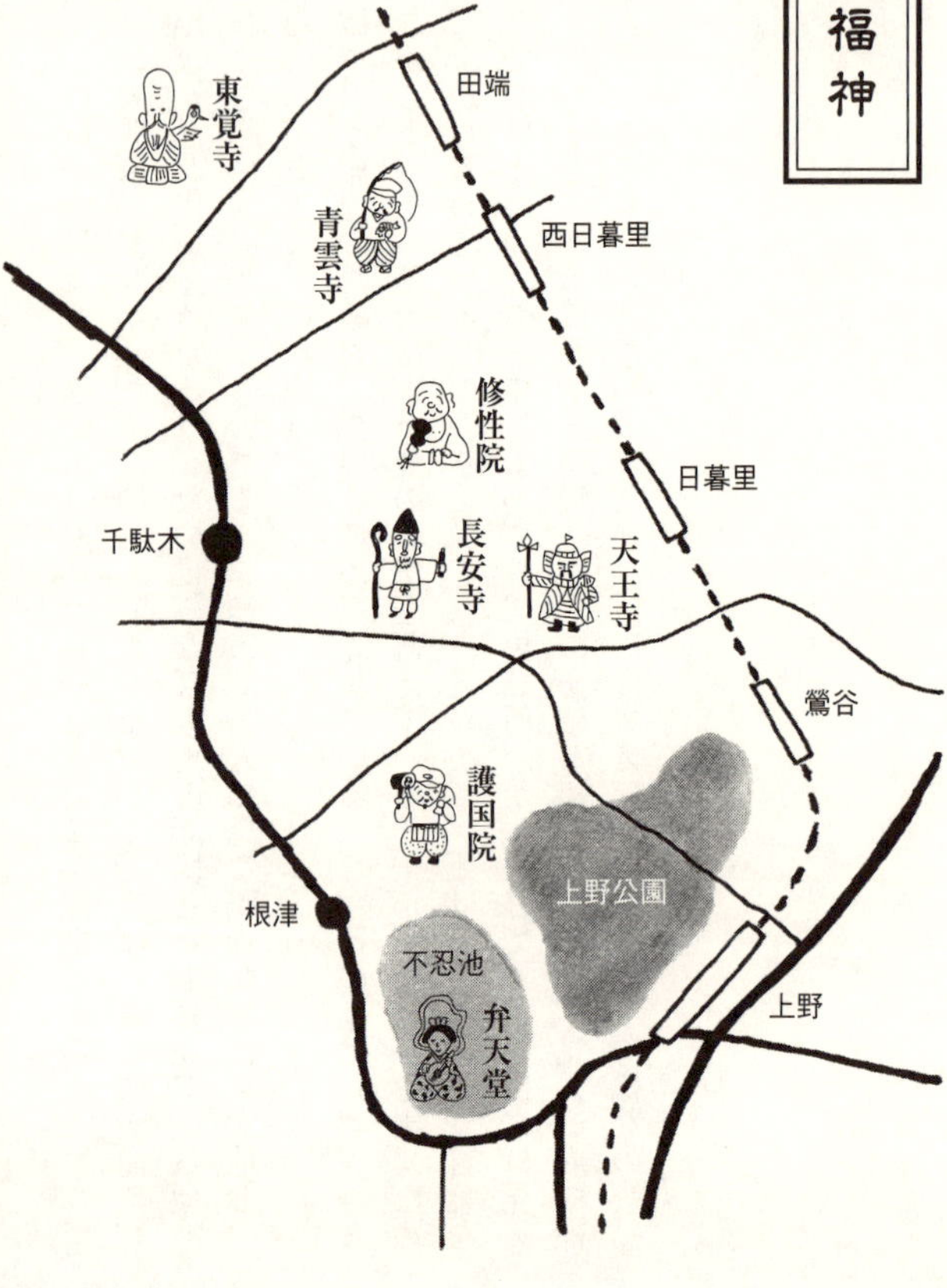

武蔵野吉祥七福神

　上野、不忍池のほとりにある八角形の弁天堂。サザンの曲が流れる湘南江の島にある、江島神社弁財天。女の神様は、水のそばがお好きらしい。ちなみに私の住んでるアパートの近く、最近では「住みたい街ナンバーワン」と言われてる吉祥寺の井の頭公園にも、小さいけれど弁天堂がある。井の頭公園の池でカップルがボートに乗ると別れてしまうというジンクスがあるのは、女である弁天さまがイチャついてるカップルを見て、ちょっとなにあれ、あたしの庭でなにやってんのよ！　とヤクからだそうだ。だから男がイケメンなほど確実に別れるとか。ということは、弁天さまって、ずっとフリー？

「七福神めぐりねぇ。なんでそんな加齢臭が漂ってきそうなことしてんの」

　同じくここんとこずっとフリーの女、真沙代は言った。井の頭公園の池のほとりにあるタイ料理を出すカフェで、久しぶりに顔を合わせてランチをしている。きれいに結い上げた真沙代の頭にはお箸のようなものが刺さっている。脳までは突き刺さってないと思うが、あれをスッと抜くと、パンテーンのＣＭみたいにストレートの髪が流れるように落ちるのだろう。汗染みになったらどうするんだろうというようなスカーフの布地みたいなブラウスに、化粧もバッチリでファンデーションが濃いのが気になるが、夏が終わったからといって紫外線対策にもぬかりはない。能力と美を備えた完璧な女性。しゃべらなければなおのこと。

「ったく、三十過ぎた女が、ちい散歩してる場合か」

「ちい散歩をバカにしちゃいけないよ」

返す私は、寝癖のついた髪をゴムで束ねただけ、もちろんノーメイクで、黒のTシャツに、ジーンズ。あんた、大道具さん？　と見るなり言われた。

「シーズンオフの七福神めぐりも、のんびりした感じで意外と面白いんだよ」

「オンでも地味なのに、さらにオフって……」

「谷中だけじゃなくて、七福神めぐりってあちこちにあってね。あの池の横にある弁財天も『武蔵野吉祥七福神』の一つ。まさか地元にもあるなんて知らなかった」

あっそ、と真沙代は興味なさそうにそちらを一瞥《いちべつ》する。

「真沙代も出雲大社に行きたいって言ってたじゃん」

「えっ、七福神めぐりも結婚できんの？」

カップを持った手が宙で止まり、目の色が変わった。

「いや、ご利益で言えば富と財力だけど。まあ、同じ神様だし」

「そんな曖昧なのはイヤ。結婚にドンピシャ効く神様じゃなきゃ」

効くって、独身であることは病気なんだろうか、と思いながら私はどんぶりから白い麺をすする。

「よく食べるね、のぞみ。私もうお腹いっぱい」

そう？　と私は鶏のダシがきいてるスープをレンゲで飲んだ。真沙代は、そろそろ本題に入るよという感じで、こちらを見た。

「そうよ。出雲大社にも誘ったのに返信来ないし。ちっとも連絡よこさないから」

小言が始まったので、私は黙々とタイ風ラーメンをいただく。

「心配してたんだよ。孤独死してるんじゃないかって」

それで今日、真沙代に襲撃をかけられたのだ。もう吉祥寺に来てるから今すぐ出て来いと、電話で土曜の朝から起こされた。隣の駅まで足のばして私のアパートに来ればいいじゃん、と布団の中で言ったが、吉祥寺のおしゃれなカフェでブランチしようと思って来たんだから、「共栄荘」なんていうゴキブリが出そうなアパートに上がりたくない、とほざく。違います、正しくは「コーポ共栄」です。本当に私のこと心配して来たのかな、と私はしぶしぶ寝癖がついた髪をまとめて出てきた。

「生きてるよ。会社変わったから忙しくて。おばあちゃんも入院したり、なんだかんだと」

「おばあちゃんはあんたでしょう。地蔵を拝んだりして」

「地蔵じゃないよ、七福神だよ」

「どっちでもいいよ。要は、なんで私を避けてんの？」

避けてないよ、と首を横にふった。

「いや、絶対、避けてる」

「そんなことないよ」

真沙代はまだ疑いの眼差しをこちらに向けている。空になったどんぶりを店員が下げに来たので、私はそちらを見て頼んだ。

「追加で生春巻きをください。あとお茶も」

まだ食べるの⁉　真沙代が大袈裟に声を大きくして言った。

「ランチプレートに、単品で麺も食べたじゃん」

「だって朝ごはん食べてないし。真沙代はデザート食べれば？」

私が差し出すデザートメニューを彼女はチラッと見た。

「ココナッツアイスおいしいよ。私も後から食べる」

真沙代はメニューを閉じて、真剣な表情で言った。

「あなた、変だよ。……もしかして大地が亡くなって、落ち込んでる？」

「……や」

表情を作るタイミングを失い、言葉にも詰まったので、やっぱりねという感じで彼女はうなずいた。

「のぞみは、お葬式に行ったの？」

「それが、夏前に、たぶん同じ学部だったヘンな女に道で声かけられて知った。真沙代も知ってたんだ？」

「私も最近サークルの後輩から聞いた。のぞみからその話を聞いてないから、なおさら大丈夫かなって」

「そんな落ち込んではいないよ。驚いたけど」

真沙代は明らかに私の言葉を信じていない目つきで、こちらのダメージを読みとろうとしている。なんとも居心地が悪い。

「まあ、あの女が知ってて、私が知らなかったことの方がショックだったけど」

笑ったが、明るい表情をするほどハタから見ればイタく見えるのだろう。号泣した方がわかりやすくて、つっこんでこないかもしれない。でも、生春巻きが運ばれてくるのが見えるから、泣くのはあれを食べてからにしよう。皮が乾いてしまうとおいしくない。

「ホント、気の毒にね……。頭は悪いけど、悪い人じゃなかったのに……」

ひどい褒め方もあったもんだが、春巻きにタレをつけながら無言で相づちを打った。

「仕事も全部辞めて、インドにボランティア活動しに行こうだなんて。それも、ちょっと無茶な感じはするけど」

真沙代からもたらされた情報に、私は春巻きをくわえたまま止まった。やはり私の予想どおりだ！　彼は私に反発して、わざわざインドまでボランティアに行ったのだ。

「その念願のボランティアをやる前に……っていうのがねぇ」

えっ、やる前に、なの？

「せめて、インドの地ぐらい踏めてたらねぇ」

踏めてない……って⁉

「あ、踏んでるか。百メートルぐらいは」

踏んだけど、百メートル？　インドの地を踏んで百メートルで、息絶えたって、どういう状況？

「あ、ごめん。何度もこんな話、聞きたくないよね」

「いや、ぜんぜん、大丈夫。詳しく話していいよ」

「やめよう。話題変えよう。やっぱりデザート食べようかな」

真沙代はこんな時だけいい人になって、店員を呼んでココナッツアイスを注文した。今得た情報をつなぎあわせると、大地はボランティア活動をしに、はるばるインドまで行ったが、人を助ける前に自分が命を失ってしまったと。それも飛行機から降りて百メートルほど歩いたところで。なんの役にもたたないで。彼らしいというか、死人に言うのはタブーだが、なんとマヌケな。

「のぞみ?」

真沙代の声で我に返ると、ココナッツアイスがすでに彼女の前に置かれていた。しばらく放心していたようだ。

「予想以上にダメージ受けてるね。本当に、好きだったんだね……。なんであんたたちがつきあってるか、はたから見てても謎だったけど。正直、大地が飼われてるみたいにしか見えなかった。ってことは、ペットロスみたいなもんか?」

二十代前半、頭デッカチになっていた私は何かと問題意識ばかり持って主張して、それを全て大地に吹き込み、確かに彼は腹を空かせたゴールデンリトリバーのように何でも食べてくれて、従順にそれを吸収した。しかしそんな私も社会に出ると、理想ばかり掲げる自分が現実には何もできないことを思い知らされることになる。当初は、NPOやボランティア団体を渡り歩いたけれど、どれも世の中の大きな流れに対抗するには、いま一つ弱くて発展性もなく、あげく同じ志を持つ数人の仲間でNPO法人「ダイフード・バスターズ」なるものを立ち上げた。ネーミングをまず間違ったが、地球や食の安全を守るというコンセプトから、内部告発のあった食品加工会社に潜入して偽装の実態を暴いたり、フードマイレージが高い食品の不買行動などを仕掛けていたが、過激すぎるとシー・シェパードなみに嫌がられ、支援者が減っていき、運営が立ち行かなくて閉鎖。そんな失敗から学び、最後には、自分自身の手で安全なものを生産するというところに行き着いて、新しい農業の形にチャレンジするというプロジェクトに背水の陣で取り組んだ。が、これも運営が軌道に乗る前にメンバー間での恋愛問題や、人間関係のいざこざが生じて空中分解。残った人数ではどうにもやりきれず、借りてた土地は農家の人に返し、残っているのは設備投資に注ぎ込んだ資金の負債だけ……。

それを返すために今は仕事も選ばず、派遣された環境によろしくない石油化学製品も扱ってる中小企業の事務で、黙々と働いてる。割高な自然食品を買う余裕もないし、しばらくは健康や地球のことも忘れたいので、昔は食べなかったような添加物の入った安いジャンクフードも、おいしくいただいている毎日だ。

「なんだかんだ長くつきあってたからね。別れたのは、いつだっけ?」

真沙代に問われて思い返す。大地と別れたのは、農業をやるために東京を離れた頃。考えたら、ラッキーマスコットの彼に私が背を向け始めてから、私のやることは全て裏目に出ている気がする。でもしかたがない。サラリーマンになった大地は社会に出ても私が学生時代に吹き込んだ、あまちゃんな理想を変わらず悠長に語り、こちらは日々、理想と現実の間で、心が折れることのくり返しだから、何もわかってなかった自分の過去を見るようで、彼といるのが苦痛になってしまったのだ。さんざん好き放題に育てた犬を、温度が冷めた私は無責任に捨てたということだ。彼も私と別れた後、私の影響で勤めたエコな会社を辞めてしまった。その後は仕事を転々としていたようで……。

「すみません！」

真沙代がびっくりするような声で、私はウェイターを呼んだ。

「バナナの揚げ春巻きを、追加で」

「昔はウサギのエサみたいなもんを、ちょこっとしか食べなかったくせに」

「あれは頭で食べてたから。今は胃で食べてる」

「にしても、ちょっといかれてるわよ。過食症じゃないの？」

腹ごなしに池のほとりを二人で歩いていると、真沙代が遠慮なく言った。ちょっと太ったし。こちらを横目で見る。

「ランチ食べすぎたぐらいで大袈裟な」

「ストレスじゃない？」

ストレス？　そんな元カレが亡くなったぐらいで、ストレス感じるなんて、ありえないでしょう、ハハハ、と水しぶきをあげて池の上を行くスワン型のボートを目で追う。

「あんたヤバイよ。そんなに食いまくって、思いつめて、一人で寺なんかほっつき歩いてたら危険だって」

　真沙代は私の顔をのぞきこんで言う。

「とにかく一人でいないで、もっと人に会いなさいよ。若いんだから、もっと人がいるところでパーッと遊んでストレス解消したらいいじゃない」

　わかった？　だめよ一人でいちゃ！　聞いてる？　まくしたてるので、いいかげん反発したくなってきた。

「ほっといてよ。もう人と関わりたくないの。私がヘタなことをやったり言ったりすると、必ず人や世界が破壊されていく！」

　こちらも言い出したら、言葉が止まらない。

「ダイフード・バスターズを一緒に始めた友だちは、みんな鬱になって田舎帰っちゃったし、約三・五ヘクタールの畑も、内輪もめでただの泥沼にしちゃったし！　この前まで勤めてた会社でも、新入社員の子においしい店がないか聞かれて、牡蠣《かき》フライのおいしい店に連れてってあげたら、その子だけあたって救急車で運ばれて、また死人を出すところだった。それで慌てて辞めたんだから」

「なんで、あなたが辞めるの⁉　それは毒持ってる牡蠣と、提供した店のせいでしょう。あなたのせいではないでしょう」

「真沙代だって、口の悪い私とつきあってから毒舌になっちゃって、嫁に行けなくて困ってるじゃん！」

　真沙代はグッと言葉を返せないでいる。

「大地に関しては、本当に殺してるからね。もうじっと息を潜めて残りの人生を生きてくしかないでしょう」

「指名手配犯じゃあるまいし」

「犯罪者みたいなもんよ。残ってるのは借金だけだし。そのうち大地の親からも莫大な慰謝料を要求されるかも」

「あんた、ホント変だよ？」

　何と言われようと、私のせいなのだ。なんのために生きてるんだと大地に偉そうにぶった私だが、私こそ生きててごめんなさいだ。でも死ぬのは嫌だから、これからは二度と人や地球に迷惑をかけないよう、余計なことをしないで生きて行こうと思う。それが今の私が唯一選べる道だ。私の決意の表情を見て、真沙代もそれきり何も言わなかった。私たちは無言のまま、井の頭公園の池をぐるりとまわって、弁財天の前に来た。

「あ、かわいいお堂がある」

「だから、これが『武蔵野吉祥七福神』の弁財天だって、さっきから言ってるじゃん」

聞いてるのか聞いてないのか、真沙代はさっさと小さな赤い橋を渡って、あら素敵、と池の中にあるお堂へと向かった。私も子供の頃はよく来たけれど、そこを渡るのは久しぶりで、改めて見るとこぢんまりとしてかわいらしい境内である。真っ赤な屋根と柱に、鮮やかなブルーの戸板が付いて、ビビッドな色の弁天堂はなかなかおしゃれだ。真沙代のブラウスの柄に負けていない。

「お参りしとくか」

なんだかんだ言ってするんだ。手を合わせている彼女に続いて賽銭を投げ入れ、並んで拝む。しまった、真沙代に言うのを忘れた。フリーの女の神様だから、恋愛成就や結婚祈願はお願いしない方がよいと。けっこう長いこと祈ってるから心配だな。

「のぞみ、なに探してんの？」

御神体がないか、一応お堂の中をのぞいて見ていると、真沙代が聞いた。弁財天の像があるかもしれないんだけど、たぶん見れないと思う、と返すと、彼女はおみくじを売っている小さな社務所につかつかと行って、

「すみません、弁財天の像って見れないんですか？」

クレームをつける勢いで聞いてくれている。どうせ「正月だけです」と言われるだろうと後ろで見ていたら、

「巳《み》年の三月のみの開帳になります」

平然とした口調で返してきた、これにはびっくりした。巳年のみってことは十二年に一度しか、それも三月にしか見られない？

「えーっ、なにそれ！」

通行人がふり向くような声をあげたのは私でなく、真沙代だった。

「次は、三年後の三月になります」

社務所の人が付け加える。先に十二年に一度と聞いちゃったから、わりとすぐだなと思うが、それは錯覚だ。

「でも、それ逃しちゃったら、その先はもう生きてるかもわかんないじゃない」

冗談ではなく生きてなさそうなご老人の参拝者がいる横で、真沙代はボリュームを下げずに言った。

「っていうか、十二年に一度しか顔見せないなんて、お高く止まった女だな。そんなんだから、いつまでも一人なんじゃないの？　カップル見て怒ってるヒマがあったら、もっとまめ

に顔出して出会い探せっていうの」

境内でここまで神様に毒づく人間も、そういないだろう。彼女の上に今すぐ稲妻が落ちそうで、少し離れて立つ。

「へー、真沙代知ってるんだ。ここのジンクス」

「知ってるわよ、ボートにカップルで乗ると別れるって有名じゃん」

「じゃあ、結婚祈願もしてない？」

私はお堂の方を指して彼女に聞いた。

「しないよー。弁財天に祈ったって、黒柳徹子に結婚したいですって頼むのと同じじゃない」

意外とわかっているようでホッとした。


谷中が行楽地だった頃、この辺りは、人間ではなく狸《たぬき》や狐《きつね》しか遊びに来ないような手つかずの原野であったのが、歌川広重の名所江戸百景の「井の頭の池弁天の社」の絵を見ればわかる。財政逼迫《ひっぱく》にあえいで新田を作るまで、幕府もほっぽらかしにしていたエリアだったと小学生の時に習ったが、その絵を見て納得したものだ。弁財天のお社《やしろ》以外は、池と葦《あし》と山しか見えず、名所と言っても、血気盛んな桃太郎か一寸法師ぐらいしか歩いてなさそうな未開の地だ。でもそんな頃から、あの弁財天があることが逆に恐ろしい。その長い歴史の感覚で考えれば、十二年に一度も、週一で顔を出すぐらいなのかもしれない。その頃から同じ弁天さまなら、昔は発情期の狸たちを見て、ムカついていたのだろうか。なんだかかわいそうになってきたな。荒涼としていた土地は、今はお店だらけのみんなが住みたいナンバーワンの街になり、血気盛んな若者たちがフラペチーノを片手に歩いている。

「きもちわるっ、あのカップル。小指と小指からませてる」

井の頭公園から駅に向かってのびている雑貨屋が並ぶ道を二人で行くと、さっそく隣の弁天がムカついてる。

「でも男ができたら、私もやっちゃうかもねー」

フフッと笑う弁天は素直だ。

「そんなに結婚したい？」

と聞くと、したいよ、と真沙代は大きくうなずく。

「わかんないな。過去の男のことだってこんなわずらわしいのに、一生誰かと関わるなんて、考えるだけでうんざりする」

「でも一生一人じゃ寂しいよ。何かあった時に支えてくれる人がいないと。自分が働かなくても、年金を貯めてくれる人が」

「こんなご時世じゃ、こっちが面倒見ることにだってなるよ。一人多いぶん、心配だって増えるじゃん」

「これだから、経済的にも精神的にも自立してる女は食えない」

真沙代はため息をつく。

「昔の男のことは忘れなさいよ。だいたい浮気されて別れたんじゃないの。まったく身のほど知らずな男だ」

「まあ、私がひどかったから、当然でしょう」

それを口実に別れられて、実際ちょっとホッとしたところもあったが、大地は、その浮気相手とは結局つきあわなかったと後から聞いた。

「私が好き勝手やりすぎた」

「好き勝手やってなんぼじゃないの、女は」

真沙代は言う。罪悪感を感じないなら、それはそれでいいのだけれど。

「邪魔なものはね、蹴倒して行きゃいいのよ。邪魔なんだから」

彼女は尖《とが》ったハイヒールの先を上げた。この人に食えないと言われたくない。彼女には、迷いなどないのだろうか。ねえ、と私は聞いた。

「良縁の祈願じゃなきゃ、さっき弁天さまに、なにを祈ったの？」

他のことで、彼女が神様に祈ることってなんだろうと、興味を持った。

「ま、ちょっと」

強い女が答えるのをためらっている。ますます興味があるが、

「聞くもんじゃないよね、ごめん。ちょっと思っただけ」

私が言うと、いや、と彼女は照れくさそうに返した。

「あなたがヘンだからさ、『のぞみが、早く元気になりますように』って願っただけよ」

真沙代はそう言って、ごまかすように、あっ、あれかわいい、とアジアン雑貨屋の店頭にかかっている布バッグを指した。

「私、友だちがデブなのはイヤだから」

私は真沙代の毒舌が好きだ。この女の良さがわからない男なんてクソくらえだ。彼女よりもっと毒舌でカッコいい男性が、いつか真沙代の前に現れるに違いない。もしかすると、彼女に怒鳴られたりヒールで蹴られたりするのが好きな男性かもしれないが……。どちらにしろ巳年よりも先に来るといいけれど。

駅で真沙代と別れ、私は構内を通って北口に出た。ホントに私、過食症なのかな？　と不安になりながらクレープやドーナッツの店を横目に、アーケードを過ぎる。つきあたった街

道沿いには、「武蔵野吉祥七福神」の、大黒天が祀ってある武蔵野八幡宮《はちまんぐう》がある。この七福神めぐりに関して言えば、できたのは最近で、歩いてまわる場合、持病をお持ちの方はかかりつけの医師に相談してからめぐられることをお勧めするぐらい、広範囲に七福神を祀った寺や神社が点在している。無理やり作った感じがしなくもないが、お正月には、特別に七福神めぐりバスが運行されていて、持病があるお年寄りもそれでまわることができる。

私は八幡宮の前に来て、鳥居の手前から中をのぞいた。ここも私にとっては懐かしい場所だ。縁日が出る秋祭りには毎年かかさず来たし、七五三のお祝いも両親と祖父母と一緒にここに詣でた。細かい砂利が敷かれた境内はその頃とほとんど変わっていない。着物とそろえて買ったばかりの草履《ぞうり》が痛いと言う私に、かしてごらんと、鼻緒を引っ張ってやわらかくしてくれた祖母の、おだんごにした黒い髪が思い出される。あの頃は、まだ若かったんだな。そして病院のベッドで横になってるすっかり髪も薄くなった祖母が浮かび、どうしたって勝てない人間の老いを思い知らされる。神様に長寿を祈り、多少のご利益があったとしても、その絶対的な流れを止めることはできない。それがわかっているのに、人間は神に祈ることをやめない。無理な願いを、神様は黙って聞いてくれている。でも、死んだ人を生き返らせてくれと頼んだら、さすがに、

「無理です」

と言うだろう。じゃあ、私は何を祈ればよいのだろうか。しばらく境内を見つめていたが、まわれ右をして八幡宮の鳥居に背を向けた。また改めて来よう。自分が病んでいるのかはわからないが、今日のところは真沙代弁天の言うことを聞いて、人の多い繁華街に戻って、ストレス解消にパーッと買物でもして帰ろう。

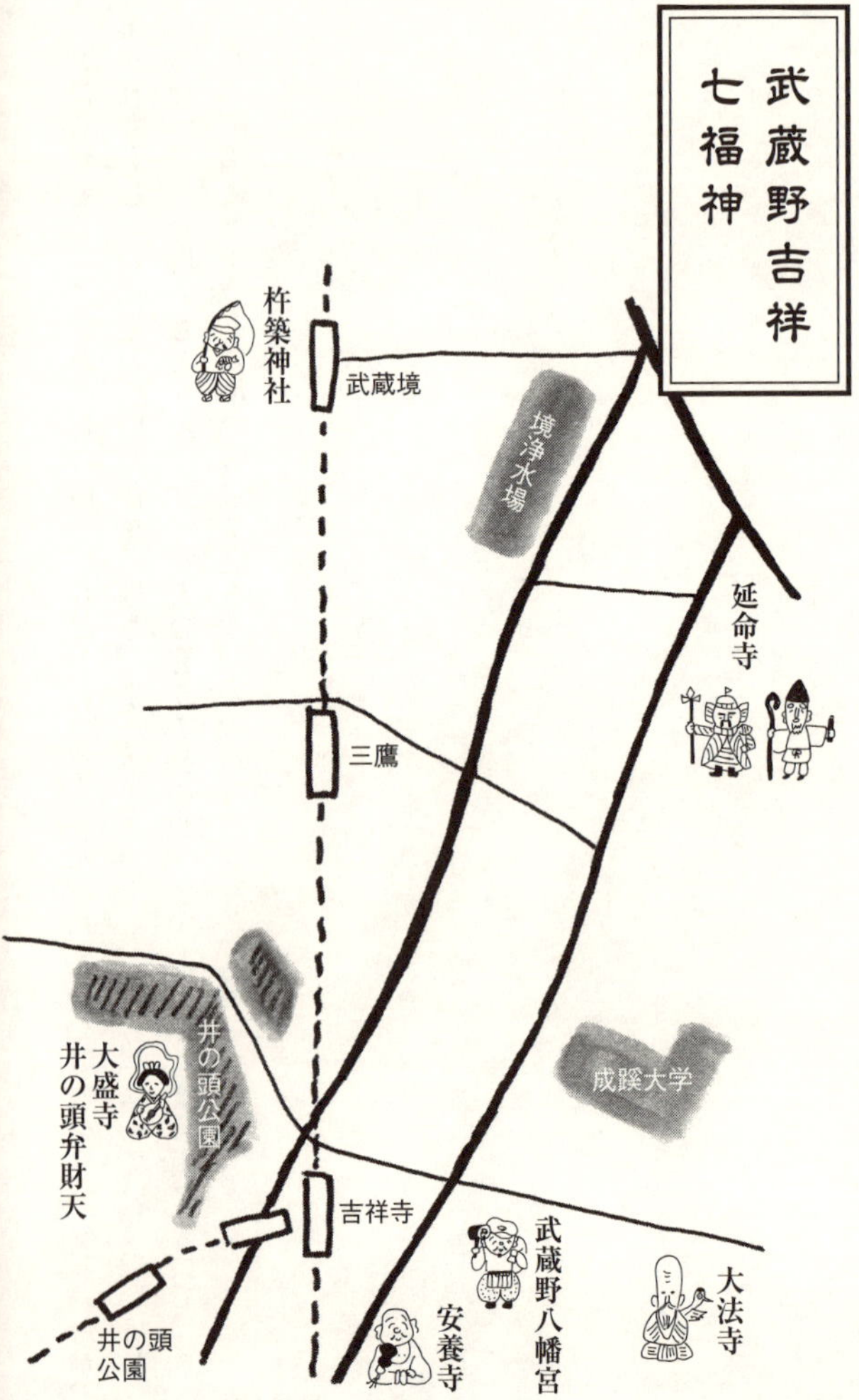
武蔵野吉祥七福神
杵築神社
武蔵境
境浄水場
延命寺
三鷹
井の頭公園
大盛寺
井の頭弁財天
成蹊大学
吉祥寺
武蔵野八幡宮
大法寺
安養寺
井の頭
公園

日本橋七福神

「船山さん、すぐそこに安いイタリアンの店ができてね、みんなでランチ行くんだけど、一緒にどう？」

「すみません、お弁当持ってきてるんで」

そっかー、じゃまた今度ね。女性社員たちはぞろぞろと出て行った。残された私はいそいそと、最近涼しくなってきたので熱い番茶を入れてある弾丸ポットを傾け、買ってきた惣菜パンをバッグから出して並べる。誰もいないオフィスで、いただきまーす、と両手を広げて伸びをした。真沙代にいろいろ言われたけれど、やっぱり一人でいる方がいい。というか、基本的に好きなのかもしれない。でも食べすぎだけには注意しようと思って、パンは三つにした。物音一つしない平和な空間で、もくもくと炭水化物を嚙む。その静寂は数分後に携帯のバイブレーションで壊された。

「寿老人のお札はもらったの？」

いきなり母は話し出した。まず、お札じゃなくて、御朱印です。

「もらってないよ。なんで？」

「おばあちゃん、なんか調子良くないのよね。最近は頭もボーッとしてるみたい。病院って寝てるだけだから、あのままだとボケるわ」

「じゃ、お母さんが谷中行ってもらってきてよ」

「谷中ってどこだっけ？」

「最寄り駅は日暮里か千駄木《せんだぎ》」

電話の向こうが静かになった。武蔵野で育った母も、王子は八王子の隣にあると思っていたぐらいそっち方面にはうとい。

「もっと近くで、寿老人のお札を出してくれるところないの？」

ものぐさな母の物言いに、場外馬券場じゃあるまいし、そんなのはありません、仕事中だから切ります、と携帯を閉じた。また静寂が戻って、ホッと息をつく。家族ですら最近は関わるのが面倒になってきた。無人島にでも住もうかな。南の島の青い海を想像しながら、お茶をする。

「船山さん」

びっくりして、お茶をこぼしかけた。

「この辺りにも、七福神めぐりがあるの、知ってる？」

水平線からタコが現れたかと思ったら……メタボの堀田さんが、壁際の席からむっくり起き上がってこちらを見た。いたんだ。両手を広げて、私と同じように大きく伸びをしている。朝からずっとそこで寝てた？　昔で言うなら窓際族、今で言うなら壁際族。誰よりも古くからホコリのようにそこに吹き溜まっているが、仕事をしている姿を見たことがないと言われている謎の中堅男性社員。なんでクビにならないのか疑問に思いつつも、みんなホコリのように見て見ぬふりをしている。

「お正月は、けっこう人が来るみたいよ」

そういえばこの前も「七福神」という言葉に唯一反応した人だった。

「こんなところにも、あるんですか？」

ぼくはまわったことないけど、ここら神社が多いから、と毛髪がかなり乏しいのに見えない髪を耳にかきあげる仕草をする。私はデスクの引き出しから、まだ図書館に返してない例のガイドブックを出して、パラパラとめくって見た。

「ホントだ、ありました『日本橋七福神』」

会社からも歩いて行けるエリア、水天宮《すいてんぐう》前から小伝馬町《こでんまちょう》ぐらいにかけた比較的狭い範囲に、日本橋七福神めぐりのコースがあるではないか。堀田さんの言うように、七つの神様を祀っている全てが神社で、いかにも商人の街らしい。安産祈願で有名な水天宮もその中にあり、「水」が付くからか、弁財天が祀ってある。

「寿老人を祀ってあるのは……笠間《かさま》稲荷《いなり》神社」

「笠間稲荷、あるある。甘酒横丁のちょっと先に」

堀田さんは、あくび交じりにうなずく。私はガイドブックを手に、はたと思いついた。場外馬券場も、もしかしたらあり？　言われれば、七つ全ての御朱印を谷中でそろえる必要もないんだよね。とりあえず七福神になればいいんだから。

「そこってしーんと静かな、無人な感じの神社ですか？」

シーズンオフだから、谷中と同じかもしれない。

「いや、明治座の裏だから。けっこうお参りしてる人を見るけど」

会社から歩いて十分もかからないところに、寿老人の御朱印を発券してくれそうなところがもしあるなら、そこで済ますのも手かもしれない。いや、済まさない手はないでしょう。私は食べかけのパンを口に押し込んで、財布を持った。例の色紙は持ち歩いてるわけではないので手元にないが、紙にでも書いてもらって後から色紙に貼ればいい。ルールをゆるくしたとたん、さらにいいかげんになってきて、コピー機からＢ５の紙を一枚抜く。

「じゃ、ちょっと笠間稲荷に行ってきます」

「今から？」

堀田さんは、今まで一本線だった目を開いて私を見た。

「昼休み、あと四十五分あるので。ちなみに」

甘酒横丁って言うんだから、甘酒とか売ってるんですよね？　と聞くと、売ってるんじゃないの、と彼は答えた。

「それより、甘酒横丁にうまいたいやき屋があるのよ。ぼくにも買ってきて、三つぐらい」

了解です！　この職場に来て初めて、上司の指令にやる気のある態度で返した。たいやき三つ、その大任承りました。甘酒横丁、たいやき、という魅力的な言葉に、足取りも軽くオフィスの階段を下りてビルを出た。

会社のある茅場町から、水天宮前の交差点は目と鼻の先だ。さすがに四十五分で七つの神社をまわる気はしないが、急ぎ足なら、一時間半ぐらいでまわれる範囲にまとまって「日本橋七福神」はある。今度、仕事が早く終わった時にでも改めてまわります、と心の中で手を合わせて、水天宮の前を素通りして大通りを曲がった。お使いや昼ごはんを買いに会社の外には出るけど、こちらのエリアまではあまり来ない。毎日通っている場所なのに、今まで街のことを知ろうとすら思わなかったのが、こうやって歩いていると不思議に思える。ガイドブックに従って道を左に曲がると、大黒さまが祀られている松島《まつしま》神社があるが、こんなところに神社があるなんて、もちろん知るわけがない。なぜなら道にはビルがずらりと並んでいて、その一つの一階に社殿は納まっているのだ。ビルと合体しているいかにも都会らしい神社だが、黒いスーツに髪をオールバックにした男性が、通い慣れている感じでお参りをしている。一般に大黒天は商売繁盛の神様であるから、このような人も参拝に来るのだろう。外見で判断しちゃいけないが、どう見ても法に反するようなことを願っているように思われる。ここも心の中で手を合わせて、かわいそうな人がコンクリ詰めにならないよう祈ってその前を通り過ぎた。

大変魅力的な名である甘酒横丁とやらに出ると、老舗《しにせ》らしき店が、明治座に向かって軒を連ねていて、そこは谷中とはまた違った歴史を感じる場所だ。今の日本橋は一見、他の都会と何ら変わらない風景になってしまったけれども、商売の街として現役だからこそビル街に積極的に変わったのではないかと、この一帯を見ていると理解できる。要はのれんがスチールの看板になっただけ。デパ地下でしか見たことがない江戸の味を伝える店や、菓子屋、そば屋、刃物屋などの本店が、すっきりとした粋な店構えを、今もビルの一階に残している。谷中で当時の行楽の感じが想像できたように、ビルや高速道路の橋桁があっても、「お江戸日本橋」を行き来している商売上手の江戸っ子たちを想像できる。先ほどのビルと合体している神社も、昔から商人たちが仕事の合間に気軽に拝みに来る場所だったのだろう。自分が働いている場所が、なかなか面白いところだったことを知り、さらに足取りも軽くなってきた。店に並んでるものが目に映るせいかもしれないが。鮮やかな松阪牛を売る老舗の精肉店、大きな切り身が漬かってる魚の粕漬けの老舗、鶏専門店には、こんがり焼けた玉子焼きが並んでいる。出汁《だし》が染み出ていて、ジューシーで甘そう、と見ているだけでツバが出てくる。あ、折詰寿司の名店もある。経木の薄い箱におになりさんと太巻きがきっちり詰めてある「助六」がおいしそう。帰りに買っていこう。いや、今買って、神社の境内で食べようかな、と考えていると視線の先に堀田さんが言ってた、たいやき屋を発見。堀田さんのぶんと、もちろん自分にも焼きたてを一つ買う。

寿司折、肉屋の肉まん、たいやきが入った袋を三つ下げて、逆の手には熱々のたいやきを持ち、甘酒横丁を出た私は、寿老人の神社がある通りへと向かっている。この通りには毘沙門天を祀ってある末廣《すえひろ》神社もあるが、たいやきをかじりながら一礼してその前も通過。そろそろ目的地が見えるかな、という時、

「すみません！」

声にふり返ると、じいさんが小走りに私を追ってやってきた。

「小網《こあみ》神社ってのは、どこでしょう？」

たいやきのしっぽを飲み込みながら、はい？　と聞き返す。堀田さんも自信を持つだろうと思うぐらい、頭が光っているじいさんは、紺色の上下のジャージを着ている。名前こそ書いてないが孫から借りたようにしか見えず、顔とまったく合ってない。ホームレスで、寄付

してもらったものを着ているのかなと一瞬思う。でも、そこまで薄汚くないし悲壮感もない。声もはつらつとしているから、ジョギングしているただの老人か。だったらなんで私に場所を聞く？　それもなぜ神社？

「小網神社、知らないですか？」

しかも、知っている。さっきガイドブックで見たばかり。「日本橋七福神」の一つだから。

ひょっとして、

「あなたも七福神まわってるんですか？」

小柄のじいさんは、えっ、なに？　と私に寄って聞き返す。

「七福神めぐりですか？」

くり返すと、じいさんはこっちが老人であるかのように大きな声で言った。

「七福神社じゃなくて、こ、あ、み、神社。今、あの手前の神社のところであなた頭を下げていたでしょう。ここらの方なら、知ってらっしゃるんじゃないかなーと思って」

ここらの方ではないですが、知ってます。私はガイドブックを出して「日本橋七福神」のページを開いた。

「えーと、小網神社は、逆方向です。そこの甘酒横丁を右に曲がってずーっと行って、大通りを渡って更に行って、右に行ったところです」

地図で説明すると、じいさんは目を細めて見ていたが、首を傾げる。

「この辺りだと、思ったんだけど」

「この辺りにあるのは、あの末廣神社と、笠間稲荷神社です。小網は、逆側のずーっと向こうです」

あっそ、と彼は私の指す方を見た。

「わかった。あっちね」

もう一度ぐらい地図を確認するかと思ったら、どうもね、と彼は陽気に手をあげて、こちらをふり返りもせず道を戻って行った。本当にわかってるのかな、としばらくその小さな後ろ姿を見送る。案の定、教えたところを曲がらないで真っすぐ行ってしまった。心配ではあるが、こちらも先を急いでるし、私が面倒をみる必要もないだろう。それこそヘタに関わることで、彼の運命を大きく変えてしまったら大変だ。私は笠間稲荷に向かってまた歩きだした。が、まてよ、と足を止めた。声をかけてきたのは向こうだから、不可抗力ではあったけれども、すでに私は半端に道を教えてしまっている。もう彼の運命を変えてしまっているのだ。あのまま真っすぐ行って事故にでもあえば……と、またいらぬ想像をする。「今日の昼ごろ、日本橋で老人の男性が車に轢《ひ》かれて死亡しました。即死でした」と告げる夜のニュースを、アパートで見て青ざめている私……。

即座にきびすを返して、間違った方向へどんどん歩いているじいさんを追っかけた。どちらにしろ彼の動きを変えてしまっているなら、安全な方向に変えた方がいい。すぐに追いついて、じいさんのジャージの袖を後ろからつかんで言った。

「小網神社まで、ご一緒します」

いや大丈夫、申し訳ないから。遠慮しつつ、じいさんは嬉しそうだった。

「九十三歳？」

鶴田《つるた》浩一《こういち》と名乗るじいさんと、正しい方向に向かって歩きながら、私はびっくりして返した。祖母よりもずっと若く見える彼は、あなたが食べてたヤツだねと、たいやき屋を指した。見られてた。

「懐かしい名前が、今も残ってるね」

この人なら江戸時代を知っていてもおかしくない。

「この辺は遊郭があった名残りで、昔から料理屋なんかが多くあってね」

「遊郭があった頃を知ってるんですか？」

やっぱり、このじいさん江戸を知っている。彼はムッとして返した。

「さすがに明暦には生まれてないよ」

　ここの魚の粕漬けは絶品だよ、と道を入ったところにある老舗の店を鶴田さんは指す。方向音痴のはずなのに、店の場所は覚えているから変だなと思う。

「長生きするとね、好きだった店や、知り合い、親戚、みーんな消えてしまって面白くないよ」

　あごの髭をなでながら、人懐《なつ》っこい子供のようにやけに私にぴったりとくっついて進む。

「でも、お元気でいいですね。私の祖母なんか八十三ですが、腰を痛めて入院してるので」

　そりゃあ、お気の毒に。病院ってのは嫌なところだ。彼は顔をしかめた。

「野菜ジュースがいいですよ。ぜひ、毎朝飲むようお勧めしてください。作るのが面倒だったら青汁ね」

　旅行に行く時は必ず青汁の粉末タイプを携帯しています、と鶴田さん。ＣＭみたいになってきたが、祖母のために一応、聞いておく。

「それが健康の秘訣ですか？」

「あとビタミンB_{12}ね」

　メモっておこう。他には？　どうしたら鶴田さんみたいにそのお歳まで元気でいられるのですか？　と聞くと、彼はちょっと考えていたが、こう答えた。

「死ぬのが怖いって、思うことかな」

私はギョッとして彼の横顔を見た。

「戦争で自分が乗ってた船が撃沈されてね。たまたま僕はその日、港に降りてて助かったんだけど、それからえらく死ぬのが怖くなっちゃってね。死にたくない死にたくない、と思って、死なないよう無難な道を歩いてきたら、この歳になっちゃったんだよ」

真顔で言ってるが、冗談なのだろうか。

「自分でも驚いてんだけど」

肌のはりが失われてかぶさってきている瞼《まぶた》の下の、小動物のような黒い瞳で彼は私を見た。

「こんな歳になっても、あきらめがつかないんだよ。ますます死が怖くなる」

「へー。そういうもんですか」

「怖くて、心臓がドキドキする」

「死ぬのが怖くて、死んじゃいそう？」

「そう！　それよ」

鶴田さんは、私を指して返した。

「このままじゃ、本当に死にかけた時、怖くてショック死しかねない」

どっちにしろ死んじゃうんだから、べつにいいんじゃないの。

「そんな悲惨な死に方はイヤだね。幸せに死にたいから少し自分を変えようとね。無難に生きるのはやめて、この歳からでもチャレンジしようと」

今までは、スポーツも危険だと思ってまったくやらなかったという。でも、最近は勇気を出してウォーキングにも挑戦するようになったと。かなり無難なスポーツだけど。

「しかし君、散歩っていうのも怖いもんだね。通りを曲がったら、そこに死が待ってそうな気がして」

大丈夫かな、この人。小網神社も場所はちゃんと調べて来たと彼は言うが、

「そっちだとわかっていても、なーんか、そっち行ったら悪いことが待ってる気がして。迂《う》回《かい》しているうちに、自分がどこにいるかわかんなくなっちゃった」

そんな、と私は笑った。

「カマを握ってる死神が、道ごとに丁寧に待ち伏せしてたら、まず後ろから襲われてますよ」

彼は私の言葉に瞬間硬直した。

「いや、そうやって、うろうろしてる方がよっぽど危ないと思いますが」

鶴田さんは苦笑している。

「でも、よく私に声をかけましたね」

「声かけちゃってから、実は親切そうに見えて、殺人鬼じゃないかとドキドキしてるんだ

よ」

私が無言でいると、ハハッ、これは冗談です、と彼は笑った。なんだかよくわからん人だ。甘酒横丁を抜け、車が行き交う大通りに出ると、

「おっ、この道に出ればわかる。あった、あった」

彼は自ら歩調を早めた。小網神社は道を渡った先ですよ、と言って追うと、いかにも人形町らしい重要文化財と言ってもいいような木造の店構えを残している刃物屋の前で、彼は足を止めた。

「ちょっと、この店に寄っていいですか？」

キットソンの店を見つけた女子高生のように、鶴田さんは目を輝かせている。かまわないが、刃物屋なんてそれこそ一番死を連想するところなんじゃないの？　長い年月で木枠が渋い色になっている入口の戸をカラカラと開けて入ると、銀色に輝く刃物がずらりと並んでいて、店内は時代劇のセットにそのまま使えそうな雰囲気だ。鶴田さんもジャージを着てなければ、そのまま役者で使えそうなぐらい店に溶け込んでる。彼は箱の中に陳列されている小さい金属製品を指した。毛抜き？

「ここの毛抜きで抜けない毛はない。どんな細い毛も、しぶとい毛も抜ける」

すごく自信ありげに言うが、それ以上抜かない方がいいんじゃないのかな、と思いながら、

機能性がそのまま美しい曲線の形で表れている毛抜きを見た。江戸から伝わる精巧な物作りの技術。世界でも認められているそれが、七福神の神社のように、街中の一角に隠れるようにしてあるのも奥ゆかしい。

「旅行先で失くしちゃって、ずっと買いに来たくてね。大きい方が使いやすいんだよ」

何種類か並んでいる中から、鏡のように輝く仕上げがほどこされたものを一つ頼んで、彼は財布から万札を出した。たかが毛抜きなのに、けっこうな値段だ。考えたらこの人、何者なんだろう？

「君にも一つ買ってあげる。お礼に」

びっくりして断ったが、彼は聞かず、いっそ現金で欲しかったが、ツヤツヤ仕上げでない値段が半分のものをいただくことで折り合った。

なんで昼休みに見知らぬじいさんと毛抜きを買っているのか、よくわからないが、店を出た私たちは大通りを渡り、彼の歩調に合わせて再び目的地を目指した。

「これで髭の手入れができる。縁側で日向《ひなた》ぼっこしながら髭いじってる時が一番幸せだね」

その言葉を聞いて、本当に彼は、無難な人生を生きてきたのだろうか？　と思った。

「でも今日は、思い切って、出てきて良かった」

毛抜きも手に入れたし、一度見たかった神社にも着けそうだと、鶴田さん。

「小網神社というのは有名なんですか？」

明治神宮も造った名匠、内藤駒三郎という宮大工が昭和の初めに建てたものだと彼は説明した。

「最後の作品で小さいけど、素晴らしいらしい。僕らは大きなものばかり建てたけどね。何も残せなかった気がするね」

なるほど。彼の人生が少し想像できて、うなずいた。

「最後にそういう仕事ができたっていうのが、本当の幸せだね」

しんみりと彼が言った時、角からミニバイクが速度も落とさず曲がってきて、私はとっさにじいさんの腕をつかんで自分の方に引き寄せた。こちらが避けたことにも気づかないで謝りもせず去っていくバイクに頭にきて、

「ナンバー覚えたぞっ！　じいさんがショック死したら殺人罪で訴えてやる！」

早口で怒鳴りつけた。じいさんは案の定、その場で硬直している。大丈夫ですか？　と声をかけると、ありがとう、と返してきた。

「君の罵倒に驚いた」

彼は微笑んで、背筋をのばし、また歩きだした。あのまま召されてしまうかと思った。

「死ぬなら、小網神社を見てからにしてくださいね」

「大丈夫。まあ、死んでもしかたないと、思えたよ。我ながらすごい成長だ。念願の毛抜きを買ったからかな？」

彼のロジックがわからないが、九十三歳でも、人間はまだ成長できるのかもしれない。

「結局、人は自分の人生を、好きなようにはできないんだね」

道を曲がると、建物の間から常緑樹がこんもりとはみ出ている一角が見えてきた。地図どおりならば、あれが小網神社だ。

「生まれてくる日も選べないが、さよならする日も、わからない」

鶴田さんは一歩一歩、慌てずその緑の一角に近づきながら言った。

「なんのために、この歳まで生きてるのかもわからないが、神様だけが、意味を知ってるんだろう」

私たちは木の陰に隠れている小さな石の鳥居を見つけた。

「ここが、小網神社です」

名匠の最後の作品と言うには、本当に小さなものだった。緑に隠れてそこに本物の文化財があるとは、前を通る人は気づきもしないだろう。けれど、鳥居をくぐり、小さなお社と向きあったとたん、外界から閉ざされて、酸素濃度の高い空気に包まれたように感じた。境内と言うには狭すぎるネコの額ほどの空間であるのに、街中を歩いていた時よりも深く呼吸ができる。神社仏閣は必ずしも敷地の大きさでその心地よさが決まるものではないということを知る。小さくても、空間がどこまでものびていくような感覚を覚えるものがある。だからこそ極楽をかいま見たり神様がそこにいるように感じるのかもしれない。

「素晴らしいね」

小さな鶴田さんが、小さな社殿を見上げている。名だたる宮大工が、人生の最後に持っているもの全てを注ぎこんで、神様のために造ったもの。檜《ひのき》造りの屋根や柱にほどこされている彫刻もさすがに凝っていて、柱からこちらに向かって3Dな感じで突き出ている獅子《しし》の顔などアニメキャラのようにコミカルで独自性がある。建造物にインパクトがあると、とりまく空間までもが個性的で美しくなるのだ。神様もすごいが、神様に対する人間の思い入れもすごい。圧倒されて、躍るような波線を描いたお社の軒をしばらく見つめていた。ふと視線を下界に戻すと、さっきまでそこにいた鶴田さんの姿が見当たらない。

「鶴田さん?」

返事がない。願望を達成してついに息絶えたか? と見まわすが地べたに転がっている遺体もない。お社の裏ものぞいたが、いない。匠《たくみ》の仕事が見たくて、社殿にまで上がりこんでしまったのだろうか? と中をのぞいた私は、小網神社には七福神の弁財天と福禄寿が、一緒に祀ってあるとガイドブックにあったのを思い出した。福禄寿……逆コーンヘッヅ、ツルツル頭の神様！　もしかして、あのじいさん、福禄寿が人の姿を借りて現れたとか……？　人間のじいさんの姿になって散歩していたら、自分のお社に戻れなくなってしまったのでは？　とんちんかんな服装といい、確かにあれは普通の老人ではなかった……。

「はいはい、じゃ、お願いしまーす」

声にふり返ると、じいさんが前の道で、携帯に元気よく話している。目を細めてスマートフォンを切ると、彼は私の方を向いた。

「帰りは一人で大丈夫です。車、頼んだから」

「……はい、そうですか」

メアド交換しとく？　と聞く彼に、どちらでも、とうなだれて返して、うっかりファンタジーな発想をしてしまった自分を恥じながら、さっさと境内を出た。

昼休みを三十分オーバーして会社に戻った私は、皆に無言で頭を下げて謝ると、冷たくなったたいやきを堀田さんに渡して、自分のデスクで肉まんと寿司を速やかに食べ始めた。視線が自分に集中しているのを感じたが、かんぴょう巻きをもぐもぐやっている派遣社員に、お叱りの言葉をかける人はいなかった。いい職場だ。

自主的に二時間ほど残業して退社し、やれやれとアパートに帰ってきて洗濯機の前でチノパンを脱いだ私は、ポケットに何か硬いものが入っているのに気づいた。鶴田さんが買ってくれた、毛抜きだ。すっかり忘れていた。さっそく鏡に向かって、伸びている眉毛を一本抜いてみる。

「おお！」

痛みもなくスッと抜けて、思わず声が出た。毛抜きは大きいのに、細いうぶ毛も、太い毛も、頭がほんのちょっとしか出ていない毛も、ストレスなく抜ける、抜ける。面白くて、眉毛を全部抜いてしまいそう。小さなお社と、大きな毛抜き。日本の不思議なスケール感と、匠の技術を見知らぬじいさんと一緒に味わった、変な一日だった。私が関わったことで、やはり彼の運命を変えてしまったかもしれない。なんらかの影響を、与えなかったことはないと思う。こちらも同様に、何かが変わったかもしれない。彼の寿命を、私が長くしたか短くしたかは、ツルツル頭の神様だけが知っている。

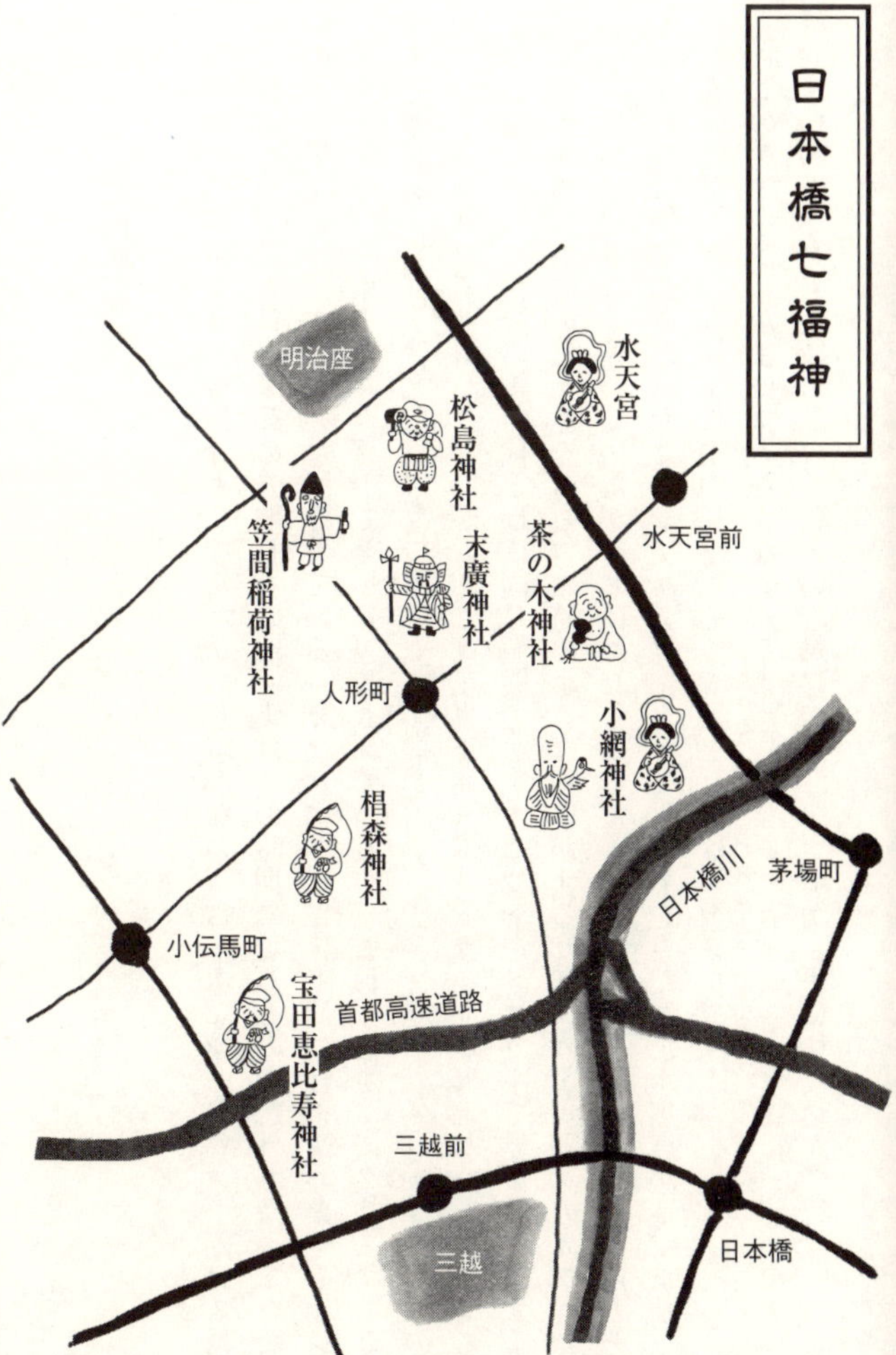
日本橋七福神
水天宮
松島神社
明治座
笠間稲荷神社
末廣神社
茶の木神社
水天宮前
人形町
小網神社
椙森神社
日本橋川
茅場町
小伝馬町
宝田恵比寿神社
首都高速道路
三越前
三越
日本橋

港七福神

谷中より日本橋より、吉祥寺よりなんだか落ち着かない、六本木ミッドタウン。ガラス越しに見る女の子たちは、季節の先取りなのか、実はこの時期に着るものを意外と持っていないのか、早々とファーの付いた服を着ている。カフェに並ぶギフト用の紅茶やお菓子もオレンジやブラウンのオータムカラーで美しく包装されているが、これらもすぐにクリスマスカラーに変わるに違いない。谷中も日本橋も、「アド街」か「ちい散歩」なら「今、注目の街！」と表現されるかもしれないが、ここは正真正銘スポットライトが真上からあたってる注目の街で、一カ月分の電気代とほぼ同じ値段のケーキセットをメニューで見ると、さすがに気後れする。外国のお土産をもらった時のような匂いがするリッツカールトンのカフェで、私の目は落ち着きなく泳いでいたが、お待たせしました、とあか抜けた店員の美しい声とともに目の前に優雅に置かれたオリジナルティーとシブーストを見たとたん焦点がさだまり、それをいただくという仕事に集中した。そう、秋と言えばアップルです！

「ここのケーキが、たまに食べたくなるんだよ」

向かいのモンタも、待ちきれないという感じでフォークでケーキに切り込んで行く。

「過食症の人間に、こんなもの食わせていいのかな？」

「だから、違うって」

「うん、うまい」

リンゴとムースのバランスが絶妙で、くやしいが同意してうなずいた。本名は柏木文太《かしわぎぶんた》だが、大学の頃からモンタと呼ばれていた彼とは昔から妙なところで気が合った。当時から彼はイタリア系のブランド品などを身に着け、モデルばりに早朝でも真夜中でも服にシワ一つなく、目鼻立ちも良いからよけい図に乗ってる感じで、大地の友人である彼のことを私ははなからバカにしていた。ところがみんなで飲みに行ったりすると、頼む酒の銘柄が彼と必ずかぶるし、意外と意識が高くて大学の近くにあるナチュラルフードのレストランやマーケットで顔を合わせることも何度かあったし、誰も行かないようなワールドミュージックのライブコンサートで偶然出くわしたこともあった。服や車に金をかけるところも、山師っぽいところも嫌いだったが、私が相変わらず地味な運動を学内でしていると、

「悪いけど、そういうのって自己満足っぽくない？　あんたみたいにいろいろ考えてる人間がホントは、新しいシステム考えて、理にかなった金儲けして、どこかに還元する方が世のためになるんじゃん？」

などと言って、私をうならせた。半端なナチュラリストより鋭い指摘をする。私もその頃

は熱かったから、手応えがある相手を求めていて、彼と話すのは目指すところが違っていても面白かった。だから大地も、私たちのことを案じていたんだと思う。私とモンタが熱くなって激論を交わしていると妙に無口になったり、咳やクシャミをやたらしていた。大地はモンタのことを非常に慕っていたから、文句は言わなかったけれど、一度だけこのように呟いたことがある。

「どうしてオレと別れて、モンタとつきあわないか、不思議だ」

率直にそう言ってきたのだ。私は真っすぐ彼を見返して答えた。

「あんたの方が服のセンスがいいから」

大地は、ちょっと考えていたが、

「まあ、それは言えてるな」

着古したパタゴニアのTシャツの裾を自慢げに引っぱった。それは私が彼の誕生日にあげたものだが、つっこまなかった。ちなみに履いてるリーバイスもサンダルも私が選んだものだった。

「大地のこと、だけど」

二人ともほぼ同時にシブーストを食べ終えて、紅茶をすすり、カップを同時に置くと、モンタが切り出した。噂では、入試もトップの成績だったという彼は、大学の四年間で遊びながら人脈を作り、卒業するなり起業して、ネット関連の会社を今は麻布に構えている。日本のマーク・ザッカーバーグと内輪では言われているらしいが、それは褒めすぎ。この顔で二児の父親であるというのも未だ信じられない。

「聞いた時は、驚いたよ」

先週。彼から『久しぶり〜。どうしてますか？　時間あったらお茶でもしません？』と、あたりさわりのない文面のメールが届いた。何年も連絡をとっていなかったから、おせっかいな真沙代から、話が伝わったなと思った。傷心の私が引きこもっていると皆に言いふらしているに違いない。呼び出して、励まそうとでも思っているのか知らないが、ありがた迷惑だ。でも、誘いを断れば落ち込んでるという噂が、なお肯定されてしまいそうで、平然とした顔で会ってやろうと、言われるままに六本木に出てきた。

「私も、驚いた」

でも彼の顔を見たとたん、正直に話している自分がいた。

「大地が死んだって聞いたのは、つい最近で。詳しいことは何も知らないし。一昨年の暮れに出版パーティーで会ったきり、連絡もとってなかったから。葬式の知らせも私には来なかったし」

モンタは目を大きく見開いて返した。

「来るわけないよ。だって葬式してないもん」

私はモンタ以上に目を大きくして返した。

「してないのっ？　なんで!?」

葬式も出せないって、どういうこと？　もしかして、加害者側？

「ちょっとまって。大地はどんな死に方したの？」

ホントになんも知らないんだ。モンタはしばらく黙っていた。

「どうしようかな。メールしなきゃよかったかな」

彼は呟いて、切れ長の目で私を見つめた。その顔は、私の知らないことをいろいろと知っていることを表している。

「オレから情報欲しい？　それとも、ここでやめておく？」

そのような選択肢を出してきた。今度は私が黙り込む番だった。何も聞かず知らないままの方が、私のためにはよいかもしれないと、暗に言っているわけだ。それ以上のことを聞くと、新たな衝撃を与えるということだろう。

「どうしようかな」

私はクイズ回答者のように選択に悩んだが、

「……聞きます」

「ホントに？　いいの？」

厳しい声で返される。

「あーどうしよう。……聞く、聞きます」

雷が落ちてくるように、新たなる情報を受け止める準備をして身構えた。

「絶対にそう言うと思った」

彼は微《かす》かに笑みを浮かべた。

「黒田大地くんは、インドで死んでません」

えっ、と私は顔を上げた。

「飛行場から百メートルのとこで死んだって、聞いたよ？」

ったく、またそういうわけわかんない話になってるし、と彼は首を横にふった。

「飛行場のそばで見つかったのは、大地じゃなくて、大地のスーツケース」

「じゃ、どこで死んだの？　インドじゃないの？」

彼はまた首を横にふった。

「インドはインドだよ。死んだんじゃなくて正しくは、行方不明」

行方不明。呆然《ぼうぜん》としながらも、新しい情報を自分のものにしようと脳細胞をフルに動かした。ということは……。

彼は、死んで（る、可能性もあるが、確定はしてい）ない。

そのように転換できたとたん、胸の底にずっとあった重石《おもし》のようなものが、ふっと浮きあがるのを感じた。大地は、死んでない……！

「まあ、でも……生きてる可能性も、かなり少ない」

無慈悲なモンタは私の希望を瞬殺した。

「もう一年半近く、連絡がとれてないわけだから。突然、消息が途絶えて、数週間後にバラナシの空港で大地のスーツケースが捨てられているのが見つかって。中はほとんど空だった。ご両親も現地に行って時間かけて捜索したけど、手がかりはなくてね」

選択を誤った。聞かなくていい情報だったと、私はさっそく後悔していた。軽くなったように感じたのはほんの一瞬で、重石は形を変えてまたズシリと腰をおろした。逆に、この事実は私の中でよけいやっかいなものになっていくことが予想された。

「そう。教えてくれて、ありがとう」

一応、礼を言って、私たちは同時に残っている紅茶をすすった。

ミッドタウンを出て、六本木の交差点を渡り、芋洗坂《いもあらいざか》を下って行く。ここらには昔お茶屋があって、そこに六本の木が立っていたのだと、嘘だかホントだかわからない話を、おじいちゃんから聞いたことがある。芋洗坂という日本昔話みたいな名前からすれば、まんざら嘘でもないように思えるが、お茶屋の代わりに、今はクラブやイタリアン・カフェが並んでる。

モンタがいかにも好きそうな場所だ。

「神社仏閣ばっかり歩いてまわってんだって？　今流行のパワースポットってやつ？」

カフェを出てから二人とも口数が少なくなっていたが、彼から話しかけてきた。

「ああ、似たようなもんかも」

七福神めぐりを現代に置き換えるならば、確かにパワースポットめぐりのようなものかもしれない。

「意外だな。のぞみが、そういうのにはまるの」

「はまってないよ。ちょっと欲しいものがあって」

何が欲しいの？　とモンタ。「寿老人の御朱印」なんて言ったら、なおさら怪しげだから、一般的な感じで返しておこう。

「ご縁」

相手は黙っている。なんか間違ったかな。

「それは、神社に祈るより、合コンにでも行けば？」

仕切ってやろうか？　と真顔で言う。

「人の世話にはなりません。神様の世話になります」

そうですか、と彼はそれきり黙っていたが、

「違うな」

元麻布に入り、新たな坂を上り始めるとモンタは言った。

「何が？」

「パワースポットでも、ご縁でもないな。大地だろ」

それに返事はせず、私は聞こえなかったかのように視線を紅葉している街路樹に向けた。

「謝ってるんだな、神様に」

彼はかまわず私をのぞきこみ、強烈な言葉を投げてきた。

「大地のことを、本気で好きじゃなかったから」

そんなことを言われて、こちらとしても黙ってはおられず、坂の途中で足を止めた。

「どうして、そういうこと言うの。過食症の人間に」

「だからさっさと大地と別れて、オレとつきあえばよかったんだよ」

はあ？　と私は彼に返した。

「自分が大地をいじっちゃったから、かわいそうでなかなか別れられなかったんだろ」

「そのせいで、もっとかわいそうな結果になった。そう言いたい？」

「誰だって知らずに、他人の人生を多かれ少なかれ、もてあそんでるよ。問題は、そこじゃなくて」

モンタは一瞬ためらったが私を見た。

「のぞみは半端なんだよ。厳しいこと言うし、意志が強そうにみえるけど、けっこう情に流されやすくて、妥協して、結局全てを後悔する」

私は視線を前方に戻して、また歩き始めた。ビジネスもそうだけど、とモンタは横から言う。

「全てをうまくやろうってのは、ありえないんだよ」

何も言うまいと、唇をぎゅっと閉じて私は坂を上る。

「大事なところを守るためには、心情に反することもしなきゃ」

そこまでダメ出しされて、坂のせいじゃなくて息が一気にあがった。

「強い意志を持って、理想を実現するなら、私はまず大地を切らなきゃいけなかったってことですか？」

言い返した。

「大地は、はっきり言って、おまえより、ちゃんとしてるよ」

流暢だったモンタの声も、途切れ途切れになってきた。坂のせいだろうか。私のことも

「おまえ」呼ばわりだ。

「おまえとつきあって、ヤツは変わったって、みんな言うけどさ、おまえとつきあわなくても、あいつはいいヤツだったよ」

「わかってるよ、そんなの！」

「そうだよ、おまえと、つきあわなきゃ」

彼の顔を見返して、私は声を大きくして言った。

「結局、大地が死んだのは、私のせいだって言いたいんじゃん！」

「……うん。そうかも」

大事な物を落とした子供のように彼は目を伏せて、うなずいた。

「でも、死んだかは、まだわからない」

小さく呟いた。

「そうだった。行方不明だよね」

口調をやさしくして、私もうなずいた。私と同様に、モンタにはモンタが思う「大地」がいる。私にはわからないつながりがあった無二の親友を失って、彼もまた深く落ち込んでいる。

「申し訳ないと思う。でも……全部を私のせいにしないでくれる？」

半端な二人は、それからはずっと黙って、坂を上り続けた。

そういえば大地のことで、こうやってモンタと口論したことが、大学時代にもあった。私と大地が飲み会などで、いつもバラバラの席に座っているのが、モンタは気に食わないと言い出したのだ。

「いつも並んで座ってろよ、カップルなんだからそれらしくしろよ」

そのように言われ、私は「二人のことなんだから、べつに好きにしていいでしょ」と反発した。モンタはさらに、私がある時、大地が飲み屋のトイレにいるのを忘れて一人で二軒目に行ってしまったことなども持ち出してきて、のぞみは単独行動をとりすぎると非難した。だからなんで、あんたに意見されなきゃならないのと私が怒って返すと、横で口を半開きにして聞いていた大地が、こう言った。

「人間、生まれてきたときも一人、ウンコするときも一人、それでいいんだよ」

じゃあ、誰かとつきあう意味はなんなのよ？　とモンタに返されて、大地は真顔で、それは、と答えた。

「トイレで紙が無くなったとき、持ってきてくれる人が必要だから」

うまいっ！　と私は、この見事な切り返しに拍手を送った。モンタは私たちを呆れ顔で見てたっけ。大地が、私の勝手な行動を本当はどう思っていたかはわからないけど、単独で飲み歩いて帰ってきても、私のベッドで遠慮なくスッポンポンで寝ている大地の、その安らかな寝顔を見ればホッとして、私はどこかで安心していたのだと、今は思う。

広尾よりにある元麻布のマンションに、モンタのオフィスはある。少人数で始めた会社ではあるけれど、最近手狭になってきて、近くのビルに新たにワンフロア借りたという。うらやましいという気持ちを正直感じた。モンタの言うとおり、私ももっと強い意志を持っていたなら、NPOも、新しい農業の形態も、成功させることができていたかもしれない。

「大学の時の友人で、船山さん」

欧米風に低いパーテーションで区切られたオフィスに入ると、モンタは社員の何人かに私を紹介しながら、自分のデスクへと案内した。デザイナーズチェアに座らされて、また居心地が悪くなっていると、彼はコレなんだけど、と本棚から茶封筒を取って、私に渡した。

「大地のスーツケースに残っていた、数少ない物の一つ」

見せたいものがあると言われて、モンタのオフィスに来たのだが、茶封筒の中をのぞくとA5判のコクヨの水色のノートが入っている。モンタを見ると、彼は黙ってうなずいたので、表紙を開いた。懐かしい、大地のくっきりとした大きな字。一ページ目の一行目。

二月四日（水）　成田で迷う。

インドに行く前からトラブってる……。それ以上は読まないで、閉じた。

「これって」

「大地の日記。大地の親が、オレに持ってて欲しいって」

捜索の手がかりにはならない内容だったからと。形見に、とは言わなかったけどね、とモンタは表情をつくらず言った。それを聞いただけで、大地の両親の複雑な心境が伝わってくる。

「大地も喜ぶと思うから。持っていって、いいよ」

腕を組んでる彼は、あごでノートを指して言った。

「くれるの？」

「いや、貸すだけ」

あっそ、とノートの表紙を見つめて、茶封筒にそれを戻し、バッグにしまった。が、ふと思って、モンタを見た。

「これも……私にとって、いらない情報なんじゃない？」

「うん、そうかもね」

モンタは、また少年のような顔になっていた。

「でも、いるか、いらないかは、読んでみなきゃわからないよな」

「確かに」

言葉が消えてしばらく静かな空気が漂っていたが、社員の一人が遠慮してこちらをうかがっているのに気づくと、モンタは背筋をのばして、なに？　と声をかけた。問われたことに彼は速やかに指示を出して、社員は戻って行った。優秀で、仕事ができる人だと、内容がわからなくてもわかる。でも、さっきのように少年みたいな顔を見せたり、つっかかってきたり、彼だって大いに揺れている。そんな彼も、もっと強くありたいと願っているのだろうか。

モンタのオフィスを出ると、私は例のガイドブックをバッグから出した。実は、居心地の悪い街に素直に出てきた理由が、もう一つある。驚いたことに、このスポットライト・エリアにも七福神めぐりがあるのだ。モンタにサクッと会って、その後に「港七福神」をめぐってみようと、来るまでは思っていたのだが……。ガイドブックによると「港七福神」の寿老人は、六本木ヒルズの横にある櫻田《さくらだ》神社にいるらしい。ヘビーな情報を仕入れてしまった後では、今からそこに戻る気力は、正直残っていなかった。まあ、六本木ヒルズの寿老人じゃ、祖母には不相応にも思えるし。またにしよう。でも「港七福神」の毘沙門天が祀られている氷川《ひかわ》神社が、ちょうどモンタのオフィスのすぐ目の前にあるので、そこだけ参って広尾の駅から帰ることとした。

上階に行くほど階の面積が広がっていく、まさに福禄寿の頭か、巨大なこん棒のようなビル。ちょっと遊びすぎなのではと思えるゴッテリとした現代的デザインのそれを背後にして、対照的に氷川神社のシンプルな社殿はキリリとした表情をたたえて建っている。カフェで見た菓子のパッケージと同じオレンジ系に木々が色づき始めている境内に立ち、港七福神ならではの眺めだなー、と両者を仰ぎ見る。鶴田さんが言っていたように、現代の建造物は大きいだけで、三百五十年以上前からある氷川神社の趣きの方が、よっぽど貫禄がある。神社仏閣は、神様の家なだけに、このような都会でも時代を経てしぶとく残っていることが、七福神をめぐっているうちにわかってきた。しかし現代の建物たちも隙あらばと、わずかな敷地を狙っている。せめぎあっている二つの建物が戦っている象徴的な風景だ。小さくても現代建築に潰されない強さを感じるのは、本殿の中に正月でも御簾《みす》越しにしか拝見できないという、毘沙門天の像があるからだろうか。

鎧《よろい》を身につけ武器を持ち、邪鬼を踏みつけている勇ましい姿で表される毘沙門天は、戦勝の神でもある。じいさんの寄せ集めみたいな七福神の中で、唯一彼は若々しくて眼光も鋭く、現役な感じがする存在だ。祖母にご利益があるのが寿老人なら、私みたいな現役の人間は、毘沙門天を参るのがいいかもしれない。もっと、もっと強くなれるように。私は財布から百円を出して、賽銭箱に投げ入れた。さすが、毘沙モンタ様は鋭い。彼が言うとおり、私は七福神の寺や神社の前で、いつも大地に対する思いを捧げていた。でも、それは具体的な言葉にはならなかった。もう死んでしまった人を、どうして欲しいとも頼めなかったからだ。私は小さく二礼し、パンパンと柏手を打ち、深く一礼した。

大地が、どこかで生きていますように。

初めて私の祈りは言葉になった。けれど状況からして楽観的にはなれず、これからずっと、場合によっては一生同じことを祈り続けていかなくてはならないという、今までとは違う重たさを新たに感じて、社殿を後にした。いや、一生希望を捨てずに祈り続けていられればいいが、安否が不明のままであきらめる日が、来るかもしれない。それは、なきがらを見るよりもつらいことのように思う。鳥居をくぐると、谷中より日本橋より、気味が悪いぐらい静かで、かさりと踏んだ枯れ葉の音が、耳に大きく聞こえた。

港七福神

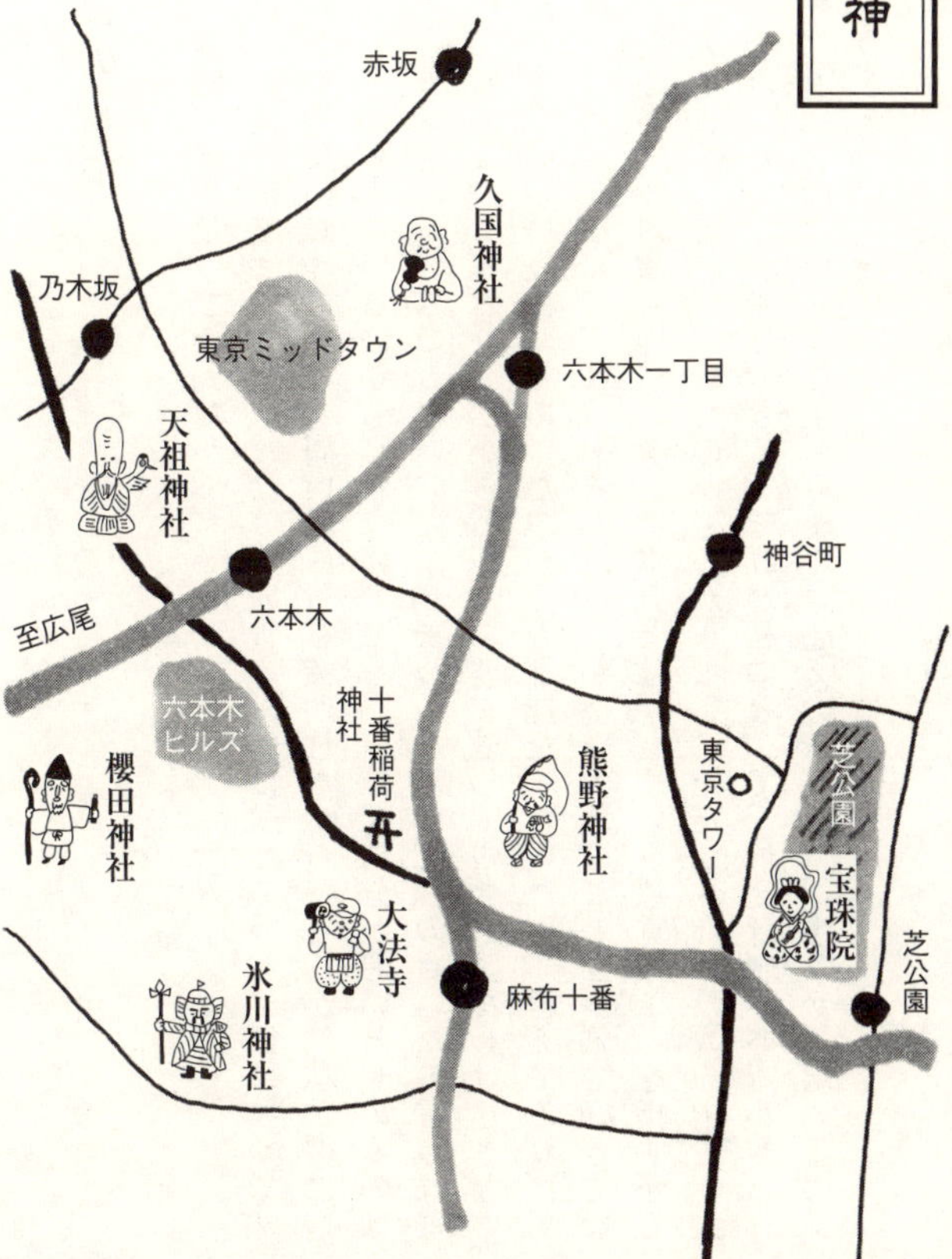

赤坂
乃木坂
久国神社
東京ミッドタウン
六本木一丁目
天祖神社
神谷町
至広尾
六本木
六本木ヒルズ
十番稲荷神社
櫻田神社
熊野神社
東京タワー
芝公園
宝珠院
大法寺
芝公園
氷川神社
麻布十番

インドの七福神

「大地のことを、本気で好きじゃなかったから」

モンタの言葉は、奥歯に挟まったまま取れない魚の骨みたいに残っている。気になって、気づくとそればかりを舌でいじっている。痛いところを突かれたからだろうか。私が彼に抱く罪悪感は、全てそこから来ているのかもしれない。でも、自分で自分が悪いとせめるのはいいけれど、他人のモンタに、好きでもないのにふりまわしただの、私のせいだの言われると、ムカッとくる。おっしゃるとおり、私から積極的に彼を愛してつきあったわけじゃない。でも嫌いだったわけでもない。長くつきあったのがその証拠だ。だいたい、考えてみれば男性を本気で好きになったことなんて、私はあるんだろうか？　大地のことを本気で好きでなかったと証明するための比較対象も他にいない。本気とは、どういう感覚のことを指すかもわからないから、大地にそれを感じていたのかもわからない。ただつきあった人の中で、大地は一番「面白かった」という評価はできる。それが私にとって、最高評価であるかもしれない。これから先、もっと面白い人、体重百五十キロ超えの棒高跳び選手とか、出っ歯のフルート奏者とかとつきあわない限り……。

自分で自分に冗談を言うというむなしい作業にため息をつき、「コーポ共栄」二〇五号室の六畳間に正座している私は、ちゃぶ台の上のノートに、視線を戻した。モンタから借りた大地の日記……開くか、開くまいか、非常に悩む。悩みに悩んで……えいっ！　と立ち上がり、キッチンの冷蔵庫から缶ビールを出して戻ってきて、プシュッと開けて一口飲んで、ノートの横に置いて……また悩む。ちなみに最近は七福神の影響で、ビールはヱビス。そしてまた腕を組んで、透視する勢いでノートを睨《にら》みつける。この中にある情報は、私に必要な情報か、否か。ビールの二本目を空けた頃には、

「ま、とはいえ大地の日記だから」

ちゃぶ台の横に寝転がって、独りごちてた。受験以来、ペンを持って書くということを放棄していた男だし、その性格から事細かに何か記されてる可能性は低い。親もモンタにそれを譲るぐらいだから、大したことは書かれていないに決まってる。私は起き上がって、えいっ！　と表紙を開いた。

二月四日（水）　成田で迷う。

モンタの事務所で読んだ一行目。次の段落に目を移す。

二月四日（水）　香港経由で夜中にデリーに到着。オレが予約したホテルの迎えが来てない。困ってると、日本語をコウゲキ的にしゃべるインド人が、何人もよってたかってきて、そのホテルに連れてってくれるというので、ちょっとモンタに似たヤツがいたから、この手の顔は信用できると思って、そいつについて行く。でも着いたところはホテルじゃなくて、旅行会社だった。インド各地をまわるツアーを勝手に組まれてしまうが、ボランティア活動に行く予定があるからと断り、デリー観光だけでかんべんしてもらう。車とガイド代で1000ルピーって、物価から考えても高いんじゃないかなと思ったけど、出口にこわもての人がいるので、両替したばかりの現金で言われるままに払う。ようやくモンタ似のインド人にホテルに送ってもらったら、そこは違うホテルで、結局そこからまたタクシーに乗る。タクシー代も最初に交ショーした値段と違う値段を言われて、話が違うともめたが、間をとって60ルピー払う。

こんなに長い文章を、大地が書いたのを初めて見た。っていうか、「『地球の歩き方インド編』を読んでから行けーっ！」と、ノートにつっこむ。まったくいい大人が初心者もいいとこだ。先行きが心配で次のページをめくる。

二月五日（木）　朝おきて、ここはどこだ？　と思う。天井にはりついてるトカゲみたいなのを見て、そうだ、インドだったと思い出して、朝めし食いにニューデリーの街に出る。人間、大すぎ。オレは、この人たちを救えるのだろうか。

大地は、インド全土の人間を救いに行くつもりだったのだろうか。ガンジーにでもあこがれちゃったのか。いつの間に、そんなスケールの大きい男になってたんだろう。

牛も大すぎ。

そうらしいね。インドに行った人はみんな、多すぎって言う。

ものごいも大すぎ。皆、とてもセッキョク的で、うざい。

それも聞く。

ボランティア、必要ないかも……。

読んでる私は、がっくり頭をたれた。もうあきらめてる、嫌になってるよ。

マザー・テレサになれんのか、オレ……？

ガンジーじゃなくてマザー・テレサだったんだ。冗談にしても、頭がクラクラしてきて、もう一本ビールを冷蔵庫に取りに行った。それを一口飲んで、また続きを読んでしまう。

それにしても、なんでインドの店には釣り銭がないんだろう？

順調にだまされ続けているようだ。どんどん外貨を落として、ある意味ボランティアをしてるとも言える。

歯みがき粉買ったら、辛いんだけど！　見たら「HOT」って書いてある。クールだろ、

ふつう！

大地がバカなのか、インドが悪いのか、酔っぱらってる私にはもう判断がつかない。

二月八日（日）　デリー観光のことは書きたくない。1000ルピー……。まあ、タマネギのった宮殿と、彫刻のハゲシイ高い塔は、世界遺産だったんじゃないかな。よくは見てないけど。夕方、気をとりなおして、ホテルのボーイと、ロビーで話す。インド人は毎日カレー食べててあきないの？　と聞いたら、実はあきてるんだと彼は言う。だからたまに違う料理を食べに行くらしい。明日それを一緒に食べに行こうとさそってくれた。楽しみだ。

二月九日（月）　……カレー、じゃん。しかし店主はチャイニーズフードだと言う。腹の調子が悪い。インドってけっこう冷える。

大地の親が、このノートをモンタに譲ってくれた理由がわかってきた。読むのが、つらい。が、次のページ。

二月十一日（水）コルカタ行きの列車の乗車券を駅に買いに行く。窓口がわからないでいると、今日は祭りだから窓口は開いてないよ、と男が言ってきて、休日もチケットが買える店があるという……。

行くな行くな！　そいつと一緒に行くなーっ。

……もう疲れたからその後のことは書かない。でも、一度だまされた相手でも二度目に会うとなぜか、ああ君か、と親近感を持ってしまうから人間って不思議だ。

人間でなく、大地が不思議だ。

でも、三度目に会ったら、少し文句はいいたい。

インド人のペースと、大地のペースはいい勝負かもしれない。

寝台付き特急列車に、無事に乗れた。十七時間の長旅でヒマなのはわかるが、前の席のイ

ンド人の家族五人全員に、かれこれ一時間以上無言で見つめられている。その目力に負けまいと、オレも見つめ返す。最後に子供に「そこ、ぼくたちのベッド」と言われる。ごめん、まちがえた。

読んでるだけで消耗するが、ここまでは一応無事に旅行を楽しんでいるようで、ホッとした。翌朝その列車は、世界中からボランティアを受け入れていることで有名なマザー・テレサの施設があるコルカタ、昔で言うカルカッタに着いたようだ。

二月十三日（金）コルカタに着く。ここも人間大すぎ。

また、懲りずに安宿を探して、荷物を置いてからボランティアの登録をしに「マザー・ハウス」へ向かったと書いてある。私はノートを横に置いてパソコンを開き、ネットでその施設を調べてみた。ボランティア希望者はそこで登録をして、マザー・テレサが創設したいくつかの施設に赴く。障害を持った子供の施設、孤児院などがあるが、中でもエイズ患者や末期患者のための施設「死を待つ人の家」は、私でも知っているぐらい有名だ。

二月十五日（日）マザー・ハウスで早朝のミサに出た。日曜はシスターの話を聞く日らしい。午後から、指定された場所にボランティアに行く。ドキドキもんだ。

大地に面倒を見てもらう方がビクビクもんだ。しかしヒンドゥー教徒の国で、キリスト教のミサに出るというのも興味深い。ネットでコルカタの名所をめぐると、さまざまな宗教がバラエティに富んだ建造物を残している。イギリスの統治時代、ゴシック様式で建てられたセント・ポール大聖堂。その後、ヒンドゥー教徒と対立して、勢力を広げていったイスラム教徒によって造られた、ナコーダ・モスク。また、ヒンドゥー教と同時期に生まれた、信者は虫も踏まないよう歩くと言われる、厳格に殺生を禁じるジャイナ教のパレシュナート寺院。

そして本家本元、コルカタ最古の歴史を持つ、ヒンドゥー教のカーリー寺院。「カーリー神」とは、戦闘の神シヴァ神の妻、ドゥルガーが怒った時、その額から生まれ出《い》でた神様で、コルカタでは、この怖くてユーモラスな女神が一番人気らしい。「怒った時の奥さん」を象徴しているのだと思うが、恐ろしいような青い肌に、怒りの形相で蛇《へび》のように長くて真っ赤な舌をベーッと出しているという、楳図《うめず》かずお先生がお描きになったとしか思えない、やりすぎ感のある神様だ。

大地もうんざりするぐらい混沌《こんとん》としているインドでは、神様までもが何でもありだ。しかし、ここは仏教の発祥の地であり、名だたる神様の出どころでもある。そもそも宗教というのはニーズに応じて自由に展開していくものなのだ。日本の七福神も、無理やり七人集めたり、元はインドの戦闘の神様である大黒様を、笑顔で米俵の上に座らせちゃったりして、いいかげんだなぁと思うけれど、自由な発想の中に真理を見つけていくことこそが宗教なのだと、本家が教えてくれている。

二月十七日（火）　ダヤダンの施設で、食事の介助、洗たくなどをする。何をしていいかわからなくて、自分から動けないのが、もどかしい。

ＮＰＯで働いていた時、海や山の清掃や、障害者施設での催しなど、いろいろなボランティア活動を企画、実施したが、ボランティアに来る人が皆、すぐ働ける人間であるかというとそれは違う、家で皿一枚洗ったことがない子だって来る。そういう人がたまに人のために働こうと思うと、ミスター・ビーンが地球を救うぐらい大変なことになり、時には損害が出てしまう場合もある。なので、普通に使える人が来て欲しいのが本音だが、来る人は誰であっても拒んではいけないのが、ボランティア活動を主宰する側の大事な精神でもあると思う。大地のように、自分が使えない人間だとわかるだけでも、意味がある。まあ、忙しい時はあ

まり来て欲しくないが。日記には続けて何日かにわたって、仕事の詳細が書かれていたが、数日経つと、

二月二十五日（水）　ずいぶん仕事にもなれてきた。

と言っている。そう思ってる時が、一番危ない。

二月二十六日（木）名前がややこしくて、違う子の足をマッサージしてしまった。ぼくは歩けるよ、って言ってよ！　ババイとかブバイとか、わけわかんねぇ！

マザー・ハウスの方針はわからないが、とはいえどんな人であっても辞めないかぎり、だんだん仕事ができるようになってくるものだ。後は自分次第だから、彼がギブアップしないことを祈りつつ、ノートをめくる。

三月三日（火）歩けるババイに、好かれてるようだ。いつも、デカいピンクの花びらを、5ルピー札だと言ってオレにくれるんだけど、今日は10ルピーやるから、オレのオヤジにな

れよ、なんて言う。さすがインド、臓器も売られてるというウワサだが、オヤジまで金で買おうとするところが、すごい。

……これって、いい話なんじゃないの？　せっかくの現地の子供との触れあいも、大地がズレてるから、こっちまでわからなくなる。でも、子供たちにも好かれてるようで、どうにか続いているようだ。足で踏んで洗う洗濯も、ブラシで磨く床掃除も、日常になってきたのか文字に書かれることもなくなり、休みの日にはコルカタの街や郊外を観光したりしながら、楽しんでいるようだ。日記も次第に日がとぶようになってきて、

三月十七日（火）　コルカタを出て、バラナシ行きの列車に乗る。

突如、このような文章が出てきた。

ガンガーが見たい。

ヒンドゥー教徒にとって最大の聖地であるバラナシのガンジス河「ガンガー」。そこで沐

浴するためにインド全土から人が集まってくるという。家の裏に流れているガンジス河ではダメだが、唯一、河が南から北にのぼっているところ、天上をイメージするこの聖なるポイントで沐浴すれば、全ての罪は流されるという。私もそこに行って清めてもらいたい……。

三月十九日（木）　やっぱ、来てよかった。

言葉が少なくなって行くほど、なんだか不安になる。次は白紙なのではないかと、ページをめくるのが怖くなってきた。

三月二十三日（月）　バイクをレンタルする。

ずっと、バラナシに滞在しているのだろうか？

三月二十六日（木）　宿を変える。盗難に気をつけろと言う支配人が怪しい。

三月二十九日（日）　おふくろが携帯に出ないから、家電にかけたが、こっちも留守電だった。

珍しく親と連絡をとろうとしている。何かあったのだろうか。

三月三十日（月）　昔、のぞみに言われた言葉が、

目に入ってきた文字に、心臓がドクンと鳴った。

いつも頭にあるんだけど。あんたは、何のために生きてるのっ！　って言われたやつが。

なんてことだ。若い頃の私がわかったような口をきいて安易に放った言葉を、彼は忘れず、未だに引きずっている。この先を読みたくない。ノートを閉じたくなった。でも、自分がやってしまったことを、知る責任がある。続く文字を追った。

ハンバーガー食いながらマンガ読むためだけに生きてるんじゃない、ってことは、さすがに年くったからわかる。けど、色んな仕事してみたけど、何のために生きてんのかは、やっぱ、わかんなかった。だから、わかりやすく、人のために生きてみるかなと思って、ボラン

ティアに来てみたけど。

やはり、彼をインドに行かせてしまったのは、私だ。これで明確になった。つらいけれども、逃げずに、一語一語を大切に読む。

コルカタは、やりがいあったから、ああいうことは続けたいなと思う。あそこでやるのかはべつにして。でも、人を助けるとか、そういうことじゃなくて、

そういうことじゃなくて？　重い気持ちで読みながらも、私は大地が言おうとしていることに興味を引かれた。私が予想できないところに、彼の話が向かっている予感。

インドに来てみて、オレ、なんかわかった。

彼の自信のある言葉に、再び自分の心臓の鼓動を感じた。

何のために人間は生きてるのか、わかった気がする。

私は耳を澄ませるように、じっと次に綴《つづ》られている文字を見つめた。

生きるために、生きてんだな、人間は。

大地は、日記にそう書いた。

ここの人たち見てると、みんなそうだ。それって、すごいことなんだよ。

私は大地の言葉に、息を飲んだ。生きるために、生きる。彼らしい表現で、矛盾を含んだ言葉だが、けっして抽象的な言葉を楽しんでいるのではない。実感だ。本当にそうとしか表現できない真理に、彼は体感をもって近づいた。私なんかには、たどり着けないような世界に、彼はポンと飛び込んでしまったのだ……。なんのために人は生きるのか？　なんのためにに人は長い、または、短い人生を生きているのか？　どんな生き方を、自分は選ぶのか？
私たちが一生抱き続ける大きな疑問の答えを、彼は異国の地で、まさに大地を見つめて、感じとった。

「生きるために、生きる」

声にしていた。彼が見た眺めを、ノートの上でほんの一瞬、共有して、何かが自分の胸の奥深くからこみあげてくるのを感じた。しばらく放心状態で彼の字を見つめていたけれど、指先まで脈を感じる手で次のページをめくった。

四月一日（水）　バイクを放置してて、罰金300ルピー取られる。なんで、こういうとこだけ秩序あんだよ！

……これを最後に、日記は終わっていた。

ノートを静かに閉じて、染み（間違いなくカレーの）がついている表紙を見つめた。私にとって必要な情報か、否か。そう思って読み始めた日記だったが、これは情報なんてものではない。遠いインドにいる大地から来た、私に宛てた手紙だ。必要不要ではなく、読まないわけにはいかない手紙。

しかしこの大地の言葉が詰まったノートを、なぜご両親は手放したのだろうと、最後まで読んだ今は不思議に思った。大地の両親には学生時代、一度だけ会ったことがある。悪い人ではないが、二人ともあまり感情を表に出さず、言葉も出てこない人たちだった。こちらも子供だったから、私のことを良く思ってないのかなぐらいにしか感じなかったが、大地の親だし、表現がうまくできない人たちだったのかもしれない。大地が親とコミュニケーションをとっている記憶もあまりない。そんな彼らは、大地が消えたことをどう受け止めているのだろう。私のことを怒っているかもしれないが、大地のことも、もてあましていたのではないか。感情を露わにすることなく、ただ現実を受け止め、このノートを読んでいる二人が目に浮かぶ。息子の行動や言ってることが理解できず、最初のページにモンタという文字を見つけて、それだけで彼にノートを送ってしまったような、不器用さも感じる。でも彼が生きて帰ってくることを誰よりも願っているに違いない。本当に申し訳なく思う。

私はビールの缶に描かれている恵比須の絵柄に目をやった。しかし大地は親には似ないで、感情表現は豊かだった。コルカタに滞在して、ボランティア活動も慣れてきた頃の大地の日記にも、こんな一文があった。

ババイが「日本人は、みんないつも楽しそうに笑ってるね」と、オレたちのヘラヘラ笑いを真似する。仕事ができなかったり失敗して、それを笑ってごまかしてるだけなんだけどね。でも、いつもハッピーそうだって言われると、そうかもしんないなーと思う。日本人って危き感ないからな。ぼったくられたって、笑ってる。

えびす顔、笑っている顔のことを、そのように言う。七福神のメンバーの一人「恵比須神」は、伊奘諾尊《いざなぎのみこと》の子、夷三郎《えびすさぶろう》が原型であるというのが有力な説だ。幼い頃、海に流された夷三郎は、漂着した土地で海から来た命と崇《あが》められて、亡くなると神として神社に祀られた。また、海幸彦・山幸彦の山幸彦、大国主命《おおくにぬしのみこと》の子供の事代主神《ことしろぬしのかみ》や、一寸法師の少彦名命《すくなひこなのみこと》なども、恵比須神のキャラクター作りに使われていると言われている。けれど、誰がもとになっていても、七福神の中で、恵比須神だけが唯一、日本オリジナルの神様であるということは（意外と知られてないが）変わらない。釣り竿を持って鯛《たい》を抱えているという、いかにも日本人らしい姿で、六人の異国の神様に囲まれてニコニコ笑っている恵比須さま。海を渡ってインドに来た大地も、異国人に囲まれて、えびす顔を絶やすことがなかったようだ。そんな彼も、悟りをひらいて神様になってしまったのだろうか。

後頭部に手をやって、何か言わんとしている大地を思い浮かべる。

「生きるために、生きる」

代わりに、また言ってみる。自分がずっと探し求めていたような言葉のようにも感じる。神様の、お告げかもしれない。こんな展開、いったい誰が予想できただろう。清々しい風が、このような形でまたもたらされるとは。

インド

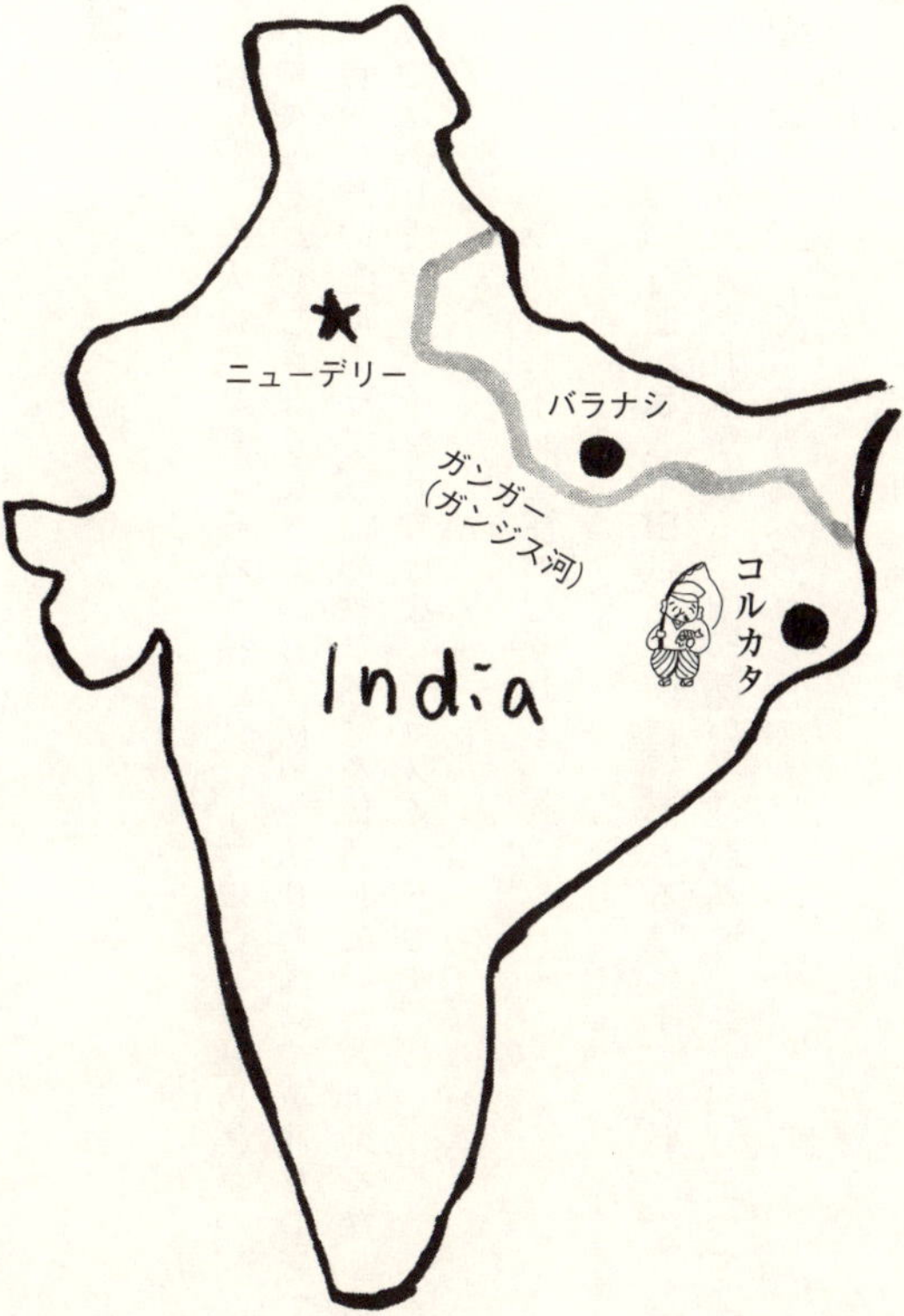

亀戸七福神

噂どおり、人でいっぱいだ。一人に割り当てられた狭いスペースにぎゅう詰めになって、人々は、運ばれてくる熱々のそれをむさぼり食べている。初めて訪れた街の、裏通りの店で、置き場がないバッグを自分の膝の上にのせて、その妙な熱気を体感していた。大地を探しにインドに来た……わけではありません。インドではなく、カメインドです。

「はい、ビール」

隣に座ってる堀田さんが、グラスにビールを注いでくれる。

「どうも」

続けて、焼きたての餃子がのった皿が私と堀田さんの前に置かれる。わー、おいしそう。さっそく薄皮のパリパリに焼かれたそれを頬張る。中が熱い。汁が熱い。ああ、餃子って、なんて素敵な食べ物なんだろう。いくらでも食べられる。

「いくらでもいけちゃうね」

堀田さんの皿はすでに空。もう二枚、と追加している。

「早いなぁ」

堀田さんのグラスにビールを注いで返した。やけど一歩手前の口の中を、私もビールで冷やして、ニンニクの香りがたちこめている店内を見やる。しかし、なんでまた、日曜の昼間っから、職場の壁際族のおっさんと、亀戸《かめいど》で餃子なんか食べているんだろう？　疲れてる時に、よくこういう意味不明の夢を見てしまうが、夢にしちゃ餃子の味がリアルだ。はたから見たら私たち、どう見えるんだろう。いわゆる怪しい感じなのかな？

「食べないの？」

堀田さんは肉付きのよい丸顔で私に聞く。髪が薄くてメタボだから歳くってるように見えるけど、この人、まだ四十代だと思う。パッと見は温和な感じもするのだが、目がどこを見てるかわかんないところが、ちょっと怖い。やはり下心が……。

「ちょっと堀田さん、食べないでください、私の餃子！」

餃子を見てたのか！

「そんなちんたら食べてたら、冷めちゃう。熱いのきたらあげるから」

「嘘だ。二個を一口で食べてるじゃないですか。くれる前になくなってますよ」

「だってー、餃子もたいやきも、熱くなきゃ」

冷えきったたいやきを持って帰ったのを、未だ根に持っている。

「チンしてあげたじゃないですか」

「熱いのがきたきた」

私は堀田さんの皿から、取られたぶんを取り返した。人の餃子を奪って気を引こうなんて、新手の口説き方だろうか。

一昨日の昼休み、いつものように誰もいなくなったオフィスでおにぎりを食べていたら、また壁際からむっくり堀田さんが起き上がって、

「船山さん、亀戸の七福神には行った？」

唐突に聞いてきた。

「いえ、まだ。亀戸にあるのは知ってますが」

べつに東京中の七福神をコンプリートしようとしているわけではない。

「もし行くんだったら、一緒に連れてってよ」

上司がそう言ってるので一応、ガイドブックを出してチェックしてみた。

「ここもけっこう有名みたいですね。……行ってみてもいいですけど」

じゃあ日曜に行こうと堀田さんに言われるまま、来てしまったのだが。必ずしも相手の目的が七福神にあるとは限らない。ここは、はっきり問いただしておいた方がいい。上司に対して失礼かもしれないけど、どうせ派遣社員だし。

「堀田さん」

私は彼の目を見て聞いた。

「亀戸七福神めぐりに行きたいというのは口実で、本当のところは……亀戸名物の亀戸餃子が食べたかっただけなんじゃないですか？」

堀田さんの餃子を嚙む口が一時停止した。やっぱり。彼は餃子をビールで流しこみ、言いわけがましく返した。

「名物って、期待はずれが多いじゃないの。それだけのために来てハズレだとさ、むなしくない？　一人だとよけい」

まずかった時の保険ですか、私と七福神は。オフィスにいる時よりも明らかに多弁で、なおかつ「ゆるく」なってる堀田さんの口調を聞いてるうちに、自分がなぜこのおっさんとデートしているのかわかった。この人に「男」を感じるのは難しい。改めて見ると今日の彼の服装も、けっこうヤバい。合繊《ごうせん》のシャツも下のパンツも体形を気にせず妙にピチッとしている。会社ではそれなりに自重しているのだろうが、休日だからかかなり無防備だ。

「餃子おいしかったから、七福神はもういっか？」

この自分勝手な感じ。言いなおそう。なんで日曜の昼間っから、私はオバ（オカマ）ちゃんと餃子なんか食べてんだ？

「はい、三十円おつりだから、十五円ずつ。あ、五円あるわ」

彼は私の手のひらに十五円のせた。オバちゃんだから会計もきっちりすぎる割り勘。こうなると下心のある「男」の方がよかったとさえ思えてくる。

「どうぞお帰りになってもいいですよ。私は、亀戸七福神めぐりに来たんで。一人でもまわります」

餃子屋の前で、私は駅の方向を指して堀田ママに冷たく言った。彼女は明らかに帰りたそうだが、

「なに言ってんの。餃子、食べに来たんじゃないわよ」

ゲフッとゲップをして、私に返した。つきはなされると、逆に負けん気を出すところもオンナっぽい。

「じゃ二軒目、行くよ」

やみくもに歩き出す堀田さんを、まだ一軒もまわってませんけど、と後を追った。

その一軒目は、布袋尊が祀ってある龍眼寺《りゅうげんじ》。通称「萩寺」。谷中の寺が桜なら、この寺は萩を見る人で、江戸の頃から賑わったという。今年は夏が暑かったから満開も早かったようだねと、参拝者が話しているのが聞こえる。花の時期はとっくに終わって、今は黄金に色づいている丸い葉が花びらのように、はらはらと落ち始めている。

「あ、布袋尊がいる！」

境内には、布袋尊だけが祀られている小さな木箱のようなお堂があった。いきなりガラス越しに布袋さまの像が、正月でもないのに拝観できるではないか！　これは初っ端から嬉しいお出迎えだが、

「でも、なんか……堀田さんに似てる」

木彫りの布袋尊像を見て、がっかりした声で言った。

「似てないわよ。ハゲでデブなだけじゃない」

堀田さんも格子に顔を寄せて中を見た。

「オッパイもあんなにたれてない」

確かに、オッパイも耳たぶもお腹も目尻も、着ている衣も、でろんと溶けているタッチで彫られていて「たれぱんだ」みたい。この像に限らず、布袋さまのイメージは一般的に力が抜けている感じで、キリリとしてる姿で描かれることはない。

「七福神の中で、唯一実在の人物なんです。布袋さまは」

私は堀田さんに、にわか仕込みの知識で教えてあげた。

「布袋和尚は、唐の時代の僧で、かなりの変人で予言をしたり、超能力があったと言われてるんですが、大きな布の袋を持ってホームレスみたいに放浪していたらしいです」

「『裸の大将』は、これをモデルにしてるのかしら？」

「そのモデルは山下清です」

誰、それ？　とか言ってるが、無知なオバちゃんはほっといて、次の寺に行きましょうとそこを離れた。

「ちょっと、船山さん」

堀田さんが私を呼び止めた。

「お参り、してないよ」

ふり返った私は、布袋尊のお堂を見つめた。

「すみません。私は……お参りはしません」

きっぱり答えた。堀田さんは怪訝《けげん》な顔をしている。

「だって、あなた七福神めぐりをしてるんでしょう？」

「堀田さんは参拝してください。私はちょっと……考え中なので」

「考え中？」

彼は私とお堂を見比べていたけれど、自分は賽銭を入れて手を合わせていた。

もっとつっこまれるかと思ったが、堀田さんは何も言わず、額の汗をミチコロンドンのハンカチで拭き拭き、二軒目に向かって一緒に歩いている。こちらも変人どうしだから、気が楽だ。

七福神をめぐって、寺や神社をいろいろと見るうちに、それらが大きく二つのタイプに分けられることがわかってきた。私はそれを「こんもり系」と「こざっぱり系」と呼んでいる。先ほどの龍眼寺のように、道路から段差がなく、すっと入れる感じの境内で、敷地も見通しが良くて、箒《ほうき》の跡が砂利に残っているようなのが、こざっぱり系。一方こんもり系は、いわゆる鎮守の森といった歴史をともにしてきた木々に囲まれ、社殿や本堂は奥に隠れていて石段を上がって詣でるタイプ。二軒目に訪れた、福禄寿が祀ってある天祖《てんそ》神社も、閑静な住宅街の中に見上げるような木々がそこだけ残されていて、しっとりとした雰囲気のある、こんもり系だった。しかし、

「ここは……」

問題は三軒目だった。私と堀田さんは、普門院《ふもんいん》という寺の門を一歩入って、立ち止まった。段差はないが、明らかにこざっぱり系ではない。どちらかといえば、こんもり系であるが、それだけでは表現が充分でない。

「ジャングル……系？」

暖色に色づいている広葉樹もあるにはあるが、常緑樹の勢力の方が圧倒的で、境内を飲み込んでいる。緑があると言っても、日本橋の小網神社のように、境内に入ったとたん空気が清々しくなる、というのとは違って、よけい湿度が上がったような気がする。鎮守の森とい

うより、亜熱帯雨林。歩いていると地面の下に隠れているベトコンに足をつかまれそうだ。あっちの茂みからは「ニッポンニカエロー」と鳴くオウムを肩にのせたビルマ僧の姿をしている水島上等兵が、現れ出てもおかしくない。

「あっ、ベンガル虎《とら》！　の小さいの」

と指さしたら、ただのトラ猫だったが、野生動物が生息していても不思議でないこの境内を、このままどんどん奥に進んだら、東南アジアの国に続いているのではないかとさえ思えてきた。

「毘沙門堂、らしきものがある」

それを見るまで、七福神めぐりであることもすっかり忘れていたが本堂の横に、一体の神様の家にしては大きすぎるお堂がある。ジャングルな庭に負けず、本堂にしろ毘沙門堂にしろ造りが大胆で、様式的にも西遊記か少林寺のセットかと思うぐらい大陸的。分厚い土壁に文様のついた扉は黒塗りで、開けたらジェット・リーが宙を蹴りながら飛び出してきそう。

「ここ、日本じゃないね」

堀田さんも言う。ベトナム、ビルマ（ミャンマー）、中国と来て、茂みの奥へとさらに踏み込んで行けば、そこはインドかもしれない。なんて思いながら散策していたら、木の下にドーンと大きな如来の座像があって、びっくりする。猪八戒《ちょはっかい》しか連れてないけど、早くもガンダーラに着いてしまったか？

「ここ、江東区ですよね」

いよいよ自信がなくなってきたが、猪八戒も首を傾げる。首が短いからあまり曲がってないが。天祖神社までは丁寧に参拝していた彼も、

「虫に食われそうだから、表に出てるわ」

お参りするのも忘れて境内を出て行ってしまった。一方私は、ジャングルな寺の境内を見渡しながら名残り惜しむように、一歩一歩、後ろ歩きで門へと下がった。大胆すぎてちょっと驚いたが、人工的なきれいぎれいとした寺よりも、生々しい神様の息づかいが聞こえてきそうな空間。冗談でなく、インドとつながっているような気がしてきて、もう少しそこにいたかった。でも、ここは亀戸だ。境内の裏はインドではなく、普通の家が並ぶ住宅街だと残念ながらわかっている。ベトコンも、水島上等兵も、そして大地も、ここに現れることはない。きびすを返すと、私も境内を後にした。

「七福神めぐりですか？　どこまでまわりました？」

普通の家が並ぶ住宅街に見つけた、清潔感のある喫茶店のカウンターでガイドブックを開いていると、ドリップでコーヒーを淹《い》れている店主に聞かれた。私はその言葉にじーんとき

て、相手の顔を見つめた。だって季節はずれに七福神めぐりをしているのに、こんなに自然に聞いてくれる人がいるなんて。

「えーと、萩寺と、天祖神社と、ジャングル……は、なんだったっけ？」

「普門院」

隣でブルマンをすすっている堀田ママが言う。

「面白い方向からまわってますね」

店主は笑った。私は彼に返した。

「こんな季節に七福神なんて、と驚かないんですね」

「けっこういらっしゃいますよ。お正月でなくても」

私のような人間が他にもいるなんて。どんな理由でその人たちはまわっているのだろう。

「シーズンオフもいいって皆さん言いますよ。御朱印もらわなくても、知らないお寺をまわるのが面白いって」

なんて余裕がある人たちなんだ。もしかして、七福神めぐりオフシーズンブームが来てる？　店主は商店街で作っているらしい七福神マップをくれて、これからまわる三軒の道順も丁寧に教えてくれた。さらに、

「今話題のスカイツリーを見ながら、この川沿いを散歩するといいですよ。写真撮るならこ

の橋の上がベストポイント」

マップに印をつけて、プチ観光案内までしてくれる。地域の活性化のためにすすんでやっているそうだが、コーヒー一杯でこんなに親切にしてくれて、日本はいいところだ。インドだったら後から百ルピーは請求されそう。

「スカイツリー、いいじゃない」

堀田さんが微笑む。興味ないくせに。ロマンスグレーの店主をチラチラ見ているけど、好みのタイプなのだろうか。ごゆっくりどうぞ、と店主が他のお客の応対に去って、私たちはコーヒーを飲みながら話すこともなく黙っている。

「手、見せて」

はい？　両手を見せなさいと堀田さんは言って、私は言われるまま両手のひらを見せる。

「なるほど」

彼は、意味ありげにうなずいてる。

「手相、見れるんですか？」

それには答えず、下の名前なんだっけ？　生年月日は？　と聞いてきて、私が告げると紙ナプキンに書き付けて、それを見つめている。この人、占い師？　何も仕事してないのにクビにならないし、もしかして会社専属の占い師だったりして。ちょっとドキドキする。

「ふーん」

思わせぶりに、またうなずいていたが、イスの背中にかけていた学校の先生が持ってるような革のショルダーバッグから、四柱推命の本を出して読んでいる。なぜそんなものを持ち歩いてる？

「これで食べてけたらいいなあって、ちょっと思ってて」

ただのビギナーじゃん。オバちゃんは、あちこちページをめくってしばらく検討していたが、私の手を叩いて言った。

「いいことあるわよ、きっと」

「ざっくりしすぎですよ。それだけですか？」

「何か聞きたいことある？」

べつにありません、とエセ占い師に返した。

「とりあえず、神社仏閣に行ったら参拝はした方がいいわよ」

「いろいろと、あるんです」

私はウェッジウッドのカップに残っているコーヒーを飲み干した。神様の前で、何を願えばいいというのだ？ 言葉にならない大地への思いを、ずっと神様に告げてきた。自分が彼を死なせてしまったのではないかという深い罪悪感とともに。そして彼が行方不明と知って、初めて、生きてますようにと言葉にして願った。でも、あのノートを読んでしまった今、再び単純には祈れなくなってしまった。この抑えきれない私の気持ちを神様に伝えるには、それだけでは充分でない。もちろん生きていることを願っているのだけれど、生きてる、死んでる、というだけの問題ではなくなってきているのだ。大地という人間が、清水のように私の全身に浸透してしまって、どうしたらいいか困惑している。この複雑な気持ちを、自分で解釈しきれないし、無言で神様の前に立つこともできない。

「他の女子社員は、必ず恋愛運を聞いてくるけどね」

堀田さんは、つまらなさそうに言う。恋愛ですか。私は鼻で笑った。

「それどころじゃないんです、私は」

「へー、いつものん気に一人で楽しそうにしてるけど」

そんなふうに見えてるなんて心外だ。ムッとして言い返す。

「一人でいるのも理由があるんです。こう見えてもいろいろと問題抱えてるんです。四六時中、頭から離れないことがあって」

へー、と信じてないように私を見るので、

「神様に祈ることもできないようなことなんです」

真顔で言うと、さすがに堀田さんも、私の顔をまじまじと見返した。

「借金苦？」

「借金はあるけど、そこまでじゃ。金じゃなくて、人間。一人の人間が、私を悩ませるんです」

「ストーカー？」

「いえ。その逆で、すごーく遠くにいます。生きてれば」

「でも、男？」

私はうなずいた。堀田ママは一拍おいて、

「それは、恋でしょう」

呆れた口調で言った。寝ても覚めても、一人の男のことを考えてるんだったら、それ以外のなにものでもないでしょう。ばっかみたいと笑い、

「なーんだかんだ言って、恋愛問題じゃない」

占い本をまた開いて、聞いた。

「相性見てあげる。相手の名前と生年月日」

はあ？　と私は口を開けていた。恋愛問題？

「恋よ恋。ほら生年月日」

こいぃ？　甲高い声で返した。

「大地にですか？」

「大地って言うの。それは名字？　名前？」

などと問いかけるオカマの横で考える。確かに、私はここんとこずっと大地のことばかり考えている。自分でも解釈できない、彼に対するこの複雑な思いが、まさか恋だというのか？

「それは絶対にないと……」

腕を組んで考え込んだ。彼のことを思うと胸がしめつけられる。目をつぶればあの能天気な顔が浮かぶ。私のことをどう思っていたかも、今さら気になる……が、しかし、

「元カレですよ？」

「元カレのことを四六時中考えてるなんて、ふっきれてない証拠じゃない」

だからいろいろあってと、言い訳するほど、なんだか本当に恋愛相談をしているみたいになってきた。

「終わってたら、昔の男のことなんかそうそう思い出したりしないわよ。葬式にだって行かないわ、ふつう」

がーん。その言葉に衝撃を受けた。ということは、終わってれば、昔の男が死んだとか行方不明だとか、誰かから聞かされても、そんなにダメージは受けないということなのか？

めちゃめちゃダメージ受けてますけど。

「えーっ、そうなのかな」

私は頭を抱えた。終わってるもなにも、つきあってる時だって本気で恋してるかもわからなかったのに、どういうこと?

「離れてみて、やっぱり好きだったとわかるなんて、ざらにあるわよ」

ますます恋愛トークになってきた。こういうの苦手なんですけど。

「で、名字なの? 名前なの?」

でも事実、死んだと聞かされてから、彼に対する思い入れは私の中で以前よりも大きくなっている。

「名前。黒田大地」

私は額に手をやったまま、彼の生年月日を告げた。

「A型、おうし座。出生地は東京、葛飾区。とりあえず」

堀田さんの顔を見て、頼んだ。

「生きてるか、死んでるか占ってください。ヘタすると、私は死人に恋をしているかもしれない」

堀田さんは私を無言で見返したが、真剣な表情になって占い本を開き、指にツバをつけて速やかにページをめくった。

川にかかっている橋の上から、スカイツリーを望む。秋晴れの青い空に、建設中のそれは人工的なシャープな線を上へ上へと伸ばしている。人間は塔を作るのが好きだ。大地が、デリーのぼったくり観光ツアーで見た「彫刻のハゲシイ塔」とは、おそらくクトゥブ・ミナールという遺跡で、イスラム教徒がデリーを制圧した時、ヒンドゥー教徒に造らせた塔であると観光局のサイトで説明されていた。急いで造ったため、壊したヒンドゥー教寺院の具象彫刻を再利用しているのが珍しく、歴史を物語っているという。スカイツリーと同じく、空に向かって伸びる、素焼きの焼き物のようなシンプルな塔であるが、高さはたかが七十三メートル。でもネットの画像で見た塔は末広がりになっていて、威圧的で高く感じた。

スカイツリーはその九倍はあるのに、ここから見ている感じでは、あまりインパクトがない。何世紀も後にあれが遺跡になるとも思えない。高い所が好きな私だが、谷中で坂に上った時に何かが見えたように、その面白さは高さに比例するものではない。クトゥブ・ミナールに上ったらきっと想像もしなかったものが眺められたに違いない。ぼったくりツアーでも、大地が見たり体験したことを、心からうらやましく思う。

……と、このように大地のことをまた考えている。確かに、私はこのところいつも彼を引き連れて歩いてる。

「『恵比寿ポテト』ってのがある」

喫茶店でもらったマップを見て、堀田さんが言う。スカイツリーより、スイーツですか。香取《かとり》神社のわきで売ってる、名物「恵比寿ポテト」はスプーンで食べるスイートポテトと銘打ってコンビニで売り出したいぐらいやわらかく濃厚で、うまいうまいと、二人でそれを食べながら香取神社の鳥居をくぐった。敷地は広いが、分類するなら「こんもり系」だ。亀戸の七福神は、こざっぱり系でもこんもり系でも、ジャングル系でも、神様がみんな独立したお堂に納められていて、待遇が良い。香取神社の境内にも、さまざまな神様が祀られている小さなお堂が、長屋のように一列に並んでいる。

その中の一つに、「恵比寿神」「大国神」と二つの名が一緒に掲げてあるお堂があった。流行りのシェアハウスか、もしくは堀田さんと同じ方面のお二人なのか……。開帳していないので、閉まっている扉を見つめるだけだが、冗談はおいといて、なんでこの組み合わせなんだろうと思う。初めて谷中で見た、大地に似ている大黒天。知らない土地で神様になった笑顔の恵比須。どっちも大地を思わせる神様だ。私が勝手にそう思っているだけなんだけれど。こうやってなんでも結びつけてしまうのも恋？

「百歩譲って、これは恋だと認めたら」

お堂の前で腕を組み、未だ参拝拒否の態度を崩さないまま、私は堀田さんに聞いた。

「なにかが解決しますかね？」

彼はまた気持ちだけ首を横にふった。

「もっと、つらくなるだけね。それは経験上、わかる」

彼もむくわれない恋をしてきたのだろうか。腕を組んだまま、私はため息をついた。堀田さんの占い本によると、大地の性格は、のんびり屋で、淡白、ロマンチストだが、食べ物に関してだけは現実的で欲張りらしい。けっこう当たってる。生きてれば今年の健康運は、すこぶる良いらしい。いや、だから、生きてるか死んでるか占って欲しいのだと言って、行方不明になった年の健康運を見てもらったら、ケガや手術の卦《け》があると出ていた。インドで事故にあった可能性も高い。バイクを借りてたし、それも当たってるかもと、閉じられたお堂を見つめて暗くなっている私の横で、堀田さんも浮かない顔をしている。

「まだ、二つも残ってんの？」

七福神マップを見て、うんざりしているだけか。

「後から気づいたんだけど、亀戸餃子のメニューに老酒《ラオチュー》があったんだよね。失敗した。やっぱ老酒と餃子でしょ。一からやりなおそ」

鳥居を出て、断りもなくまた餃子方面にふらふら歩き出すオバちゃんを、ちょっと待ってくださいよ、私の恋愛問題はどうするんですか、と呼び止めた。彼は面倒そうにこちらをふり返った。

「堀田さんが言い出したんですよっ」

今は老酒のことしか頭にない彼は、早口に言った。

「どっちにしろ悩まされてんだから、恋だってことにすりゃいいじゃない。もし、彼が生きてて帰ってきたら、より戻したいんでしょ?」

もし、彼が生きていて、インドから帰ってきたら……。

「もし、帰ってきたら……」

私は香取神社の鳥居を仰いだ。帰ってきたらどうするかなんて、考えたことなかった。

「帰ってきたら……」

堀田さんはため息をついて、半ばなげやりに、

「いいじゃないの、泣けるじゃない。帰ってこない人を想い続けて七福神めぐりなんて」

演歌みたいで、と嬉しくもないことを付け加えた。

「んじゃ、老酒で酔いしれたかったら、後で寄って」

ハゲのぽっちゃり男は言い捨てて、去って行った。

六軒目は、香取神社のすぐ近くにある東覚寺《とうがくじ》。こちらに祀られている弁財天もかわいいお

堂の中に入っていて、布袋尊に続いて、本日二度目のご開帳にめぐりあえた。「亀戸七福神」はなかなかサービス精神がある。そのお顔は、やや下膨れで、美人と言うにはぼんやりしているが、そのぶん親近感も湧く。繁盛している飲み屋のママにいそうだ。堀田ママの方は老酒で餃子をもう二皿はたいらげていることだろう。一人になったので邪魔されず、飲み屋の常連のように弁天ママをゆっくりと気が済むまで眺めた。ありがたい気持ちになったけれど、やはりお参りは保留にした。そしていよいよ、最後に残しておいた寿老人が祀られている常《じょう》光寺《こうじ》に向かった。

他の例に漏れず、寿老人もちゃんと個別のお堂を境内に設けてもらっていた。軒下に、寿、老、人、堂、と右から左に筆で豪快に書いてあり、お堂も七人の中で一番年期が入ってる。風雨にさらされて黒く煤けている木造のお堂は一滴も水分が残っていない感じで、いかにも老人の家。今にも、地上げ屋のブルドーザーで潰されそうな佇まいだ。さら地にされた跡には、七階建ての高層お堂が建つかもしれない。大黒天と恵比須が同居してるぐらいだから、将来はそこに七人全員がまとめて祀られて、スカイ七福神ツリーだな、なんて思いながらお堂に近づくと、

「かいちょーしてるっ！」

お堂の中はかなり暗いが、格子の向こうに何かが見える。鼻息荒く中をのぞくと、がっち

りした金庫のような祭壇が安置されており、さらにその中に内側を金箔で仕上げられた黒塗りの高そうな箱があって、いい茶色になっている小さな寿老人の像がそこに納められていた。見ようによっては海岸に打ち上げられてる木片のようで、彫りもはっきりしなくて、大変に貴重なものかもしれないが、すごく、地味。やっぱりただのじいさん。でも、開帳しているということは、御朱印がもらえる可能性が高いのでは？　と気持ちが浮かれてきた。さっそく社務所に行ってみよう、と寿老人に一度背を向けたが、はたと、七福神めぐりの本来の目的を思い出し、ここだけは、ちゃんとおばあちゃんの快復をお願いした方がよいと、向き直った。改めてよく見れば、頭巾をかぶり杖を持っていて、顔がけっこうデカい寿老人の像に、手を合わせる。

おばあちゃんが快復して、ボケてきた頭もはっきりしますように。

閉じていた目を開けると、清々しい気持ちになっていた。お参りという行為は、不思議なものだ。もちろん何かを願うわけだけれど、目をつぶってる数秒の間、自分が背負ってるものを、神様に一時お預けして、また目を開けて、それを背負いなおすだけのことなのかもしれない。でもそれは少し軽くなっていたり、背負う力が新たに出てくる。

「よし」

意気揚々と社務所に向かったけれど、こちらの扉はぴったりと閉まっていた。御朱印は、またもやもらえなかった。けれど私は転快な足取りのまま、今来た道を引き返し始めた。歩調をだんだん早めながら。

もし、彼が生きて帰ってきたら……。

弁財天のいるお寺を通り越し、向かっている香取神社が見えてきた。さっき出たばかりの鳥居を、再びくぐって境内に入る。真っすぐ、大地のアイコンである「大黒天と恵比須神」が同居しているお堂を目指して、その前に来た。ふうっ、と大きく息をつき、手を合わせて、目を閉じる。今さら元カレに恋をするなんて、そうだとしたらひどい話だ。けれど皮肉なことに、今、彼のことを改めて想うようになって、彼は特別だったと再確認している。私が見つけられなかったものを大地は見つけた。私の影響でもなんでもない、大地は元から私より筋が通ってて、やはり何かやる男で、それに気づいていなかった私が愚かだった。いや、気づいていたのかもしれない。だからこそ彼の死を聞いた時のダメージは大きく、でも、それを認めてこなかったことのバチがあたったのだ。一番痛い形で私にのしかかっている。堀田さんの言うように、私は帰らないかもしれない想い人をこれからずっと待ち続けなくてはいけない。いつだって素直《すなお》になれなかった、罪深い私は、祈るしかない。そして、何を祈ればよいのかも、ようやくわかった。もし彼が帰ってきたら、最初に言うべき言葉を……。

「あなたが好き」

私は手を合わせて、お堂の前で告げた。自分の中でもやもやしていたものが、ほどけていくのを感じた。希望があるわけではないが、腰が据わった。想いを神様に預けている間、静かな時間が流れた。どのくらい目を閉じていただろう。バッグの中で携帯が鳴って、私は目を開けた。

亀戸餃子ののれんを再びくぐって、カウンターに堀田さんの姿を見つけるなり、

「堀田さんのざっくりした予言が的中！」

報告すると、赤い顔で堀田さんは、なに？　予言がラオチュー？　と返す。

「いいことが、ありましたよ」

彼の横に座り、私も祝杯に「老酒」を頼んだ。

亀戸七福神

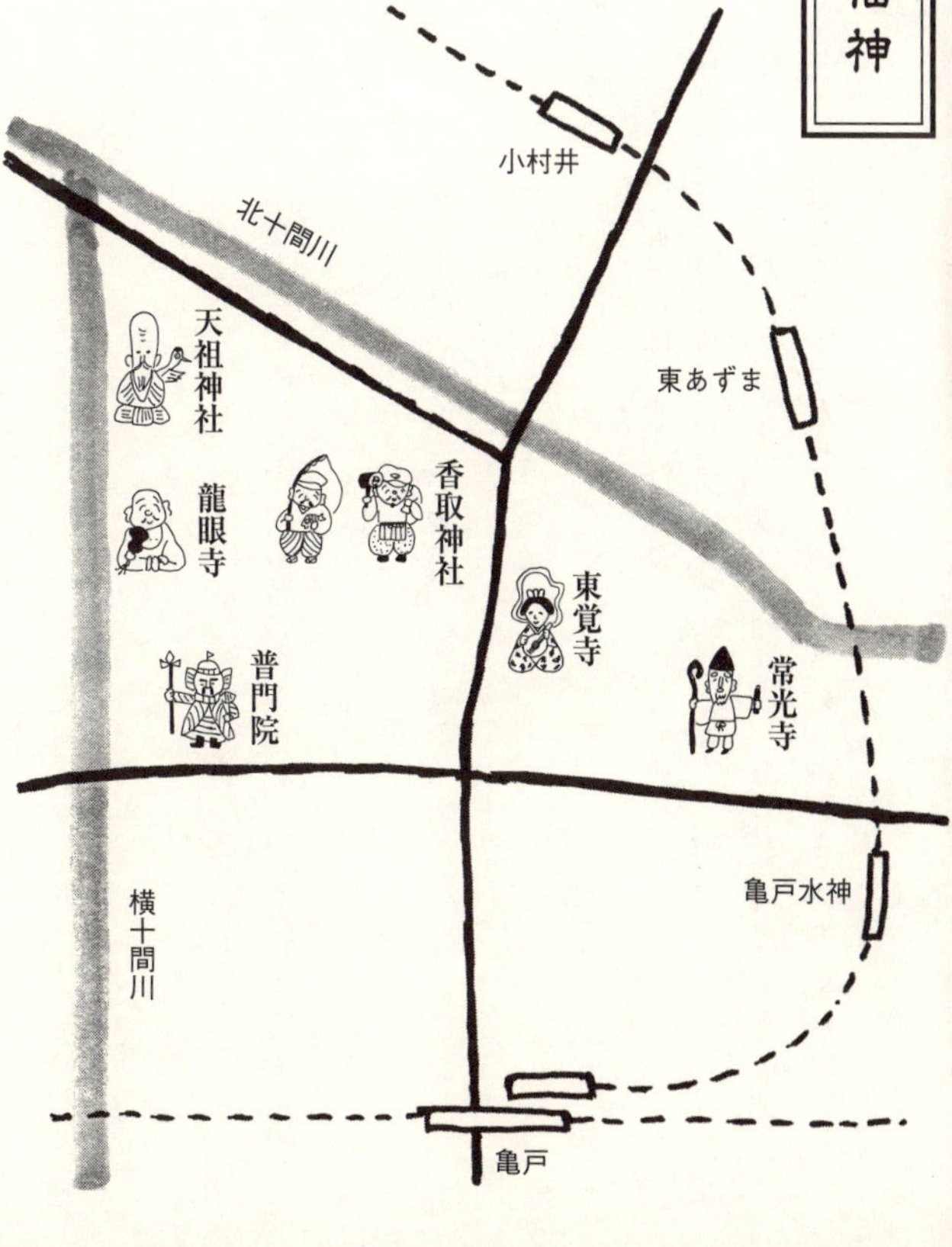
小村井
北十間川
東あずま
天祖神社
龍眼寺
香取神社
東覚寺
普門院
常光寺
亀戸水神
横十間川
亀戸

浅草名所七福神

「船山さん、おいしいおそば屋さんがあって、お昼にみんなで行くんだけど……」

昼の十二時をまわり、皆が席を立ち始めると、隣の席の森さんが、懲りもせずにまた誘ってきた。

「おそば、いいですね。私も連れてってください」

返すと、そこに残っている社員全員が、驚きの表情で私を見た。

「うそ、一緒に行くの？　ホントに？」

誘っておいて、森さんが一番びっくりしてる。

「ええ。おそば好きなんで」

財布を持って立ち上がると、森さんは、やっぱりね、とうなずいた。

「そうじゃないかと思ったんだ。船山さん、ベジタリアンでしょ？」

だから一人でごはん食べてるんだよね、と言う森さんに、とりあえず今日はそういうことにしておこうと、うなずいて返した。壁際からこちらを見ている堀田さんに、私は声をかけた。

「堀田さんも行きませんか？」

彼は見えない髪をかきあげて、

「こう見えても、肉食系だから」

「どっから見ても肉食系ですよ」

私は返して、皆と一緒にオフィスを出た。

カツ丼を食べたかったがあきらめて、しかたなく注文した大盛りのざるそばにわさびをつけていると、

「船山さん」

私の海苔《のり》がとんだのかと思ったぐらい、マツ毛ごってりの若い女子社員の子が、声をかけてきた。お願いだから嵐のメンバーとか聞かないでね。七福神のメンバーなら、つっかえないで言えるけど。

「船山さんって、歴女なんですか？」

またわからんことを聞いてきた。レキジョってなに？

「歴史好きの女子のことです」

上杉謙信とか安倍晴明《あべのせいめい》に本気で恋しちゃって、史跡や神社仏閣をまわる女の子たちのことを言うんですと、彼女は教えてくれた。過去の人を想って神社仏閣をまわっているという点

では、似たようなもんかもしれないが。私がまわってるのは七福神が祀ってあるとこで、ちょっと違うかな、と答える。

「七福神をまわると、何かご利益あるんですか？」

神様と言うと素人はすぐこれだ。ご利益ね……そばをすすりながら考える。


亀戸で退院の嬉しい知らせを聞いた翌週、おばあちゃんは私たちに付き添われて三カ月ぶりに、自分の家に帰ってきた。ゴミが消えて独居房のようにがらんとしている部屋を見たら、また腰でも抜かしてしまうのではないかと心配したが、

「あら、少し整理してくれたのかしら？　ありがとね」

なんの抵抗もなく居間に腰をおろしている。少しじゃないよ。今あなたが座ってるソファーは、古新聞と通販のカタログの山で、十年来座れたためしはなかっただろう、と言いたいのを母と私はグッとこらえた。心配して損したとばかり、母はぶっちょう面をしている。おばあちゃんは、家についたとたん急にシャキッとして、病院のお茶は色付きの水みたいだったと文句を言って、自らお茶を淹れている。

「のぞみちゃん、私の快復祈願でお寺まわってくれてたんだってね。それ聞いて、嬉しくて……」

声を詰まらせるおばあちゃんは、エヘン！　と大きく咳をした。痰《たん》がからんだだけか。

「いや、縁起が悪いから、欠けてる御朱印を埋めようと思っただけ」

私は例の七福神の色紙を出して、持ち主に返した。

「結局、埋めてないけど」

おばあちゃんはそれを受け取りじっと見つめていたが、

「これなに？」

やはりボケてしまったか。七福神の御朱印でしょうと言うと、ああ、とすぐに思い出したようだった。

「おじいちゃんのよ、これ」

えっ、と私と母は色紙を見た。

「お正月にまわるの好きでね。私も最初はつきあってたけど、七つもまわるのが面倒で。おじいちゃんは一人でもあっちこっち行ってたわ」

これどこのかしら？　と聞くので、谷中七福神、と教えると、

「そうだ、この年に亡くなったんだ。最後にまわって集めた御朱印だからこれだけはとっておいたのよ。あとは全部お焚き上げしたけど」

自分の物は整理しないのに、おじいちゃんのものはさっさと燃やしてしまうんだ。

「でもこれ、一カ所、御朱印が足りないんだよ」

空白のところを指して教えたが、そうなの？　とおばあちゃんは興味なさそうだ。私は改めてそれを見つめた。

「そっか。死んじゃったのは、おじいちゃんだったのか」

予想外の展開に、御朱印を求めてまわった疲れがどっと出て、私はうなだれた。

「おじいちゃんなら、もう取り返しつかないわね」

母も横から言う。おばあちゃんだけ幸せそうにお茶をすすり、

「のぞみちゃん、あなたも七福神めぐりするの？」

だ、か、ら、この色紙を、あなたのために埋め……と再度説明する気力も失う。

「おじいちゃんと似てるわね」

おばあちゃんは笑顔で言った。この人は充分、長生きしそうだと確信した。ご利益とか、縁起とか、運とか、つきあった女の影響だとか、そんなことは何にも関係してなくて、男は早死に、女は長生きと、ただ自然の摂理でそうなっているだけかもしれない。

「ご利益があるから、みんな七福神をめぐるんじゃない」

天ぷらそばをすすっている、社員の森さんよりも職場で顔をきかせてるパートのおばさん

が私の代わりに返した。

「何のご利益があるんですか？」

海苔マツ毛の子が、彼女に聞く。

「七福神は商売繁盛の神様よ。富や財力をもたらすって昔から」

だからお正月にまわるのよ、とパートのおばさんは、エビ天の尻尾をパリパリと食べている。

「商売繁盛」

私は思わず口にした。すっかり本来のご利益を無視して七福神をまわっていた。

「おいしくない？　無理しないでね」

隣に座っている森さんが、私の方をうかがうので、いえ、おいしいですよ、と箸を取り上げた。彼女は顔を寄せてきて、

「船山さん、あとで部長に呼ばれると思うよ」

声を落として告げると、意味ありげに私に微笑んだ。なんだろう、気味がわるいな。

「お正月にまわるものなんですか？」

海苔マツ毛とパートのおばさんは、まだ七福神めぐりの話をしている。

「そうよ。でもうちの近所は、一年中やってるけど」

私の耳は反射的にその言葉をとらえた。一年中やっている七福神めぐりって？　今度は私がパートのおばさんに顔を寄せて問いかけていた。

「どちらにお住まいですか？」

「浅草よ」

パートのおばさんは退き気味に答えた。「浅草名所《などころ》七福神」か。ガイドブックには出ていたが、あまりに観光地だからわざと外していた。しまった、ノーマークだった。

「一年中ってことは？　御朱印も？」

ドキドキして聞いた。

「もらえるわよ」

うっそー、いまさらー!?　ざるに箸をつきたてて固まってる私に、無理しないでね、と森さんがまた言った。


皆とオフィスに帰ってきたら、森さんの予告どおり、部長に会議室に呼ばれた。十分も話をしないで自分のデスクに戻ってくると、森さんが待ち構えていて、何の話だった？　と聞いてきた。私は机の上の弾丸魔法ビンを見つめながら報告した。

「来月辞める人がいるので代わりに、正社員にならないかって話でした」

「良かったね！」

知っていたかのように、彼女は返した。

「七福神のご利益があったじゃない！」

横で聞いていたパートのおばさんまで言う。確かに、このご時世に向こうから雇用を言ってくるなんて夢みたいだし、給料も上がるし、商売繁盛、富と財力を得たということだ。いろいろと深く悩んでめぐっていたわりには、普通なご利益をいただいてしまった。拍子抜けしてボーッとしていると、

「おめでとう」

森さんに言われた。ありがとうございます、と一応返したけれど、その誘いを受けるかはまだ決めていないことを、彼女たちには言わなかった。助けを求めるように、私は堀田さんの方を見たが、いつものように並べたイスの上で寝ているようで、腹しか見えなかった。

「私、あなたと二人で、七福神まわるつもりで来たんだけど？」

白いパンツに、おろしたてのキルティングのハーフコート。バッグもブーツも高そうなものできめて……巨大な赤提灯の下に立っている真沙代。

「モンタ、あんたがなんでいるのよ」

「オレだって、のぞみと大地のことについて話そうと思って来たんだけど？」

モンタも負けずに高そうなカシミヤのコートを着ていてマトリックスみたいだが、仲見世を背景にして二人とも狙ったファッション誌の撮影みたいだ。

「船山の上司で、堀田と言います。モンタさんっておっしゃるんですか？」

モンタにさっそく色目を使っているオバちゃんは、ラメ入りのハイネックのセーターを着ていて、こちらは妙に浅草の風景に馴染んでる。

「あちらにいらっしゃる二人は、あなたのご祖父母？」

真沙代に聞かれて、一人はそうです、もう一人は行きずりの老人です、と鶴田さんを指した。おばあちゃんと鶴田さんは、雷おこしの店先を眺めて何やら笑顔で話している。将来、祖父になってしまうかもしれないが、寿老人の御朱印より、ボーイフレンドの方がおばあちゃんの健康のためには良さそうだ。

「なんか変な集いに、気づいたらなってた」

先週、みんなが一斉に、私とお茶したいとか、もう一度お会いしたいとか、もう一度死ぬ前に浅草に行きたいとか、七福神めぐりはどうでもいいけど、どぜうが食いたい、とか言ってきて、面倒なので一つにまとめてしまったら、総勢六人。でも、この大人数で、最後の七福神めぐりを締めくくるというのも、余興でいいだろうと思ったのだ。ここに大地がいればちょうど七人だが、一人欠けているのも、色紙と同じで意味があるかも。そして今日は、その空白を必ず埋められることも、あらかじめわかっている。かなり疑心暗鬼になってるから、ちゃんと浅草の観光協会にも確認済みだ。

「おじいちゃんは死んでるし、おばあちゃんも元気になったし、もう御朱印にこだわる必要ないんだけど」

五人を引き連れて、仲見世通りを歩きながら、私は真沙代とモンタに言った。真沙代は笑って、

「一人でまわるよりいいわよ。このままみんなで吉本の舞台に出れそうじゃない」

「浅草演芸場なら、そこにあるよ」

モンタはオレを仲間にするなと返した。

「あと三週間で正月なのに、なんでわざわざ今日なの？」

モンタの問いに、それだけは私のこだわりですと胸中で返した。言われなくとも、あと数週間で正月で、谷中の寿老人の御朱印も三が日になら、はいどうぞ、と街中でティッシュをくばるようにくれるだろう。でも、ここまでの苦労を思うと意地でもシーズンオフ中に、七福神めぐりをコンプリートしたかった。通年御朱印がもらえるという、私にとっては夢みたいな「浅草名所七福神」を見つけたんだから。

「まず最初は、ここ浅草寺《せんそうじ》から。浅草名所七福神めぐりの、大黒天が祀ってあります」

と行く先を皆に向かって指すが、

「あら懐かしい、切り山椒《ざんしょう》」

後ろでおばあちゃんの声。血は争えない。さっそく仲見世で食べ物にひっかかっている。山椒の香りがするギュウヒのような甘い餅を買ったおばあちゃんに、一つちょうだい、と皆は遠慮なく手を出して分けてもらってる。へー、初めて食べた、やわらかい、おいしいザンショ、そうザンショ、などと盛り上がってる。

「ほら、行きますよ！　先は長いんだから」

大きな声で、バスガイドのように皆を追い立てて歩く私。今度は真沙代の歩調が早くなってきて、

「ちょっと、おみくじ引いてくるね」

それは、お参りしてからにしてください。私、何してるんだろうと、先がおもいやられる。多くの誘惑に丁寧にひっかかってくれる五人を、真冬なのに汗をかいて、ようやく浅草寺の境内の外れにある、正月以外は大黒天が祀ってあるというお堂まで引っぱってきた。皆は閉じている扉をじっと見つめている。

「…………」

御朱印は一年中いただけても、ご神体が拝めるとは限らないようだ。驚くことではない。なにかと裏切られるのが七福神。

「はいどうぞ、大黒さまです。お参りしてください」

私が勧めると、モンタが私の方を向いた。

「……なにが面白いの？」

はい？　と私は聞き返す。真沙代と堀田ママが、でしょう？　とモンタに同意する。

「ホントなにが面白いのか。吉祥寺には、十二年に一度しか顔出さない女もいたわよ」

「亀戸を一緒にまわったけど、半分は閉まっててこんなだった」

「見れないものを、わざわざ見にくるって。かわってるなー」

とモンタが首を傾げる。

「そうなの、かわってるの。のぞみちゃんは赤ちゃんの頃からかわってて。食べれないもの食べちゃったり」

おばあちゃんまで口をはさんで、よけいなことを。

「いやいや、違うんだよ、皆さん」

鶴田さんが私の方を見て、ようやくフォローしてくれた。

「彼女は中には興味ないの。こういった古い伝統的な建物を、鑑賞しに来てるんだよね？」

ありがとう。でも、それはあなたです。

「あのね。見えないけれども、この中に、大黒天はいるんです」

私はお堂を指して、重々しく皆に告げた。そう、ここに姿がなくとも、ちゃんと存在しているのだ。と、大地を思う。

「中にないかもしれないじゃん」

疑り深いビジネスマン、モンタが言った。私は動じず、穏やかに述べた。

「それが中にあっても、なくても、関係ないの」

七人の神様を「見る」のが、七福神めぐりなのではない。私はそれに気がついた。ぐるぐるめぐっていたら、いつの間にか神様に出逢っていたというのが、七福神めぐりなのだ。

「でも、やっぱ見れなきゃ」

モンタがまだ不満げに言ってるが、これればかりは、私のようにめぐってみなきゃ実感できないだろうと、それ以上は言わないでおく。

「で、お参りは、するんですか、しないんですか？」

私にせっつかれて、みんなは無気力に手を合わせて順に参拝して、境内を出た。ようやっと一軒目クリアー。

次は浅草寺の傍らにある鳥居をくぐり、浅草《あさくさ》神社だ。三社祭《さんじゃまつり》の「三社さま」という呼び名の方が親しみがあるかもしれない。浅草寺を創建した三人を三社権現《ごんげん》として祀ったのが神社の由来で、元は浅草寺と一体のものであったらしい。宗教の何でもありの形態は、指摘するものではなく、信仰の歴史を感じるものだということもわかってきた。ちなみにこちらに祀ってある恵比須神は、

「ご彩色の素晴らしい木彫りの像で、重要文化財でもありますが、秘仏なので、たぶん一生見れません」

ええーっ、と皆は私の説明に返した。ホントに何が面白いのー!?　と真沙代は呆れているが、

「でも、ここが三社祭の神社なんだ。知らなかった」

モンタは、浅草寺とは対照的に整然とした、こざっぱり系の境内を興味深げに眺めている。おばあちゃんと鶴田さんは、ちゃんと柏手を打ってお参りしていた。二人は私の方にやってきて、私たち年寄りはこの辺で待ってるから、後は若い人たちでまわってきてちょうだい、と言い残して仲見世通りの人混みに小さな姿は消えた。真沙代、うらやましそうな目で見ないの。早くも脱落者が出たが、死者を出すよりはいいと思って、若者の歩調に変えて次の寺に向かった。

「現地の警察も、あんまり動いてないらしい」

隅田川に沿って公園になっているところを歩くと、小高い丘のようなものが突如現れる。その上に、待乳山聖天《まつちやましょうてん》という毘沙門天が祀ってある寺があるのだが、まるで小さな山を登って行くような疑似体験ができて、お手軽に神聖な気分になれる、完成度の高いこんもり系の寺だ。モンタも真沙代もこの空間が気に入ったようで、ご神体を開帳していないことに文句も言わなくなってきた。二人は境内を見てまわっていたけれど、私が一人で石段の手すりに寄りかかっていると、モンタが来てそのように呟いた。

「行方不明者なんて山といるから。もう一年半以上経つし」

「そう」

とだけ、私は返した。

「親も、疲れちゃってるんだろうけど」

あきらめてる感じでさ、とモンタは神妙に言った。

「残念だよ。オレが探しに行きたい」

でも彼は行ってない。そして私もそこに行っていない。行きたい気持ちはあるが、行ったところでインドのどこを、どう探すのか。文字どおりミイラ取りがミイラになりそうだ。

「なんでこんなに大根があるのかしら」

「このお寺のシンボルみたいよ。大根ってなんだかエロティックね」

アラサー女とオカマが大きな声で話してる。モンタはチラッとそちらを見たが、私に聞いた。

「日記、読んだ？」

「読んだよ。持ってきたから、後で返す」

この最後の七福神めぐりが終わったら、返すつもりだ。モンタはピカピカ光っている自分の靴先を見ていた。

「のぞみも」

と、目を上げた。

「終わりにするの？」

「何を？」

「大地のこと」

「終わりって？」

「死んだことに、するんだよね。最初から死んだと思っていたわけだし」

終わりにする？　死んだことにする？　私は眉間にしわをよせた。

「その方が、いいのかな」

と、勝手に話をすすめて問う彼に、

「なにを言ってんだよ」

滑らかに罵倒を返すと、モンタは目を大きくした。

「やっぱ、生きてることにした方が、いいのかな？」

こいつと気が合うなんて思った私がバカだった。

「いいも、悪いも、ないでしょ！」

あんたの気持ちに整理をつけるために、大地が死んだり、生きたりするのは、どう考えたって変でしょう？

「生きてるか、死んでるかのどちらかで、それが、わからないというのが唯一の真実。永遠にわかんないかもしれないけど、それ以外のなにものでもないんだから」

自分で自分に言っているみたいだった。怒られたモンタがちょっとかわいそうにさえ思った。

「わかってるよ」

だから、どう思ってんのか聞いたんじゃないか、モンタはささやかに抵抗した。

「じゃ、なにを今は祈ってるんだよ、のぞみは」

と本堂を指した。

ている。

「あの前で」

大地が好きだ。寺でも神社でも、あれ以来私はひたすら、かの地の彼を思って、そう祈っている。

「家内安全」

と返すと、モンタは不服そうにしていたが、私は、次に行きますよ、とまた引率の先生のように三人を引き連れて、小さな山を降りた。ところが、

「大丈夫？」

石段でよろけたので、後ろの真沙代に言われた。モンタには偉そうなことを言ったが、私も動揺しているようだと認めた。親があきらめていると聞き、現実をつきつけられたようで、目の前でシャッターが下ろされたような気分になった。希望がないと思っていても、人間はどこかに逃げ道があると思い込んでいる。しかし、前にも予測したように、なきがらがなくてもあきらめるという一番つらい決断を肉親がしたと聞けば、心穏やかではいられない。私にも少し遅れて、絶望という文字しか見えなくなる日が、遠くない未来に来るのだろうか。

「なんじゃや、こりゃ」

四軒目、今戸《いまど》神社の社務所で、真沙代、モンタ、堀田さん、私は、モニターに流されてい

るVTRを呆然と見ている。画面では、頭の中で永遠にまわりそうな曲に合わせて、あのラッキィ池田が、神社の拝殿をバックに巫女のダンサーをしたがえて「招き猫ダンス」を踊っている。ニャンニャン。招き猫のポーズで、ラッキィ池田が両手を招いている。ニャンニャン。

「なに、これ！」

そもそも最初に真沙代が、神社の境内に入るなり声をあげた。なぜなら、そこには七福神の像ではなく、身長一メートル以上はある巨大な双子の猫が、拝殿に鎮座していたからだ。二匹は右手を頭上に上げて、やけに大きく招いている。招き猫の発祥の地と掲げてあるから、ここではかなり神様的な扱いらしい。

「女子が多い」

堀田さんの呟きにまわりを見ると、こんな師走《しわす》に私たち以外の参拝者がいること自体がおかしいのに、境内をかなりの数の女の子たちがうろうろしている。こんな色めきだってる神社はかつて見たことがない。レキジョだろうか。見かけはギャル風だが。

「みんな、なんか買ってるわ」

真沙代が社務所の方をのぞいた。ギャルたちは、お守りと丸い板を買っている。双子の招き猫の絵が付いてるそれは絵馬らしい。よく見れば、同じ絵馬が境内中ところかまわず束になってかけられていて、あまりの多さに、そこから乙女の祈り、いや怨念《おんねん》のようなものがムラムラと立ちのぼっているのを感じる。

「なーんだ、ここ縁結びの神社じゃないのー」

私と同時に気づいた真沙代が、嬉しそうに言った。速やかに社務所に並んでいる女の子たちのところに行って、なに買ってるの？　ここ有名なんだ？　とリサーチしていたが、

「ちょっと、ちょっと」

真沙代が私たちを呼んで、そちらに行くと、ラッキィ池田の「招き猫ダンス」の画像が流れていて、みんなで衝撃を受けた。

「どういう意図で、これを作ってんだろう」

モニターを見つめて理解に苦しんでいるモンタの横で、踊るとご利益があるんじゃない、と堀田ママは、ニャンニャンと手のふりを真似ている。

「こんな神社にぶちあたるのは初めて」

七福神は本当に何が起きるか予測ができないし、奥が深い（たぶん）。七福神めぐり参拝者の高齢化が問題となっている昨今、日本の伝統が失われることを危惧《きぐ》し、七福神めぐり協会では、もっと若い人たちにも楽しんでもらいたいと、このような渋谷にあってもいいような神社をルートに入れることで、若年層の心をつかもうと必死に試みております（たぶん）。

「へー、七福神も面白いところあるじゃない」

若年層でもないのに真沙代はギャルにならって、お守りを買ったり、待ち受けにしておくと良縁があるという巨大な（双子ではなくカップルらしい）二匹の招き猫を、携帯で撮ってる。すっかり招き猫とラッキィ池田に気をとられていたが、

「ところで七福神はどこに？」

福禄寿が祀ってあるはずだが、と思い出して、お堂がないか見回していると、真沙代が巨大招き猫の横を指した。

「ここにいるの、違う？」

並べて祀ってあった。三頭身のちっちゃい福禄寿がちんまり座布団の上に座ってる。招き猫がデカすぎて、見落としていた。招き猫と同じく今戸焼という焼物で出来ていて、ツヤツヤしている。商売繁盛の招き猫が、恋愛成就をもたらすところからまずは不思議なのだが、加えて、長寿を司《つかさど》る福禄寿が祀られているのも、方向性が八方に飛び散っている気がする。無理にまとめれば、商売がうまくいけば心に余裕ができて、良いパートナーが見つかり、夫婦円満でストレスもなく、長生きするということだろうか。そのような深いメッセージが、実はラッキィ池田のわかりやすい振り付けに織り込まれているのかもしれない。

「ようやく七福神の像が見れたのに、他が強烈すぎて感動がない」

モンタもさっきから首を傾げたままだ。

「はい」

堀田さんが、招き猫が描いてある絵馬を一枚、私にくれた。

「正規雇用祝いにあげる。なんか書いてぶら下げたら？」

「家内安全って書けば」

モンタが横から意地悪く私に言った。こんなものをもらっても、どうしたもんかと、境内にかかっている何百枚、何千枚もありそうな絵馬を眺めた。これだけの女の子が、中には男子もいるだろうが、誰かのことを想っている。もしくはまだ見ぬ恋人のことを。

「なに書くの？」

真沙代が私に寄ってきた。私はただ首を横にふった。

「もう親もあきらめたんでしょ。死んだ人のこと書いちゃダメだよ」

氷のような女は遠慮なく言ってくれる。私とモンタは、それが決められないが、彼女の中では大地は死んでいる。ある人間にとっては死んでたり、生きてたりと、現物がないと、このような現象が起きる。肉体がない場合の「死」とは、なんだろう？

「死んだ人のことずっと考えてるのもロマンチックだけどさ。生きてる相手じゃなきゃ、セックスもできないから」

肉体重視の真沙代は大きな声で言った。

「じゃ『生きてる男を好きになりますように』って書いてあげる」

無理やり私から絵馬をうばって、マジックで書くと、私の名前を無断で記入して、手近にある木に、ほいっ、とかけた。これ、他人が読んだらどう思うんだろう。

「あの人なんか、どうなの？」

モンタの横でニコニコ笑ってる堀田さんを、真沙代は指した。

「死んでる人より……肉体関係は持てないと思う」


「あと三カ所もまわるのかー」

真沙代がため息をついて言うので、私は返した。

「あと五カ所だよ」

全員がそこで立ち止まった。

「変じゃない。もう四カ所まわってるのに？」

「浅草の七福神は、福禄寿が二カ所に祀ってあって、寿老人も『寿老神』という一字違うだけの神様がサービスで付いてるんです」

サービスぅ？　まさか全部まわるつもり？　と真沙代が目と声を大きくして、一応そのつもりだと言うと、女子たちの気力はそこで完全に消えた。

「私たち、先にどぜう食べてるね」

堀田さんと真沙代は速やかにリタイヤして、雷門方面へと帰って行った。つきあわなくてもいいよ、とモンタにも言ったが、

「知らないとこ歩くの、けっこう好きなんだよ」

やせ我慢なのか、本当に面白くなってきてるのか、彼だけは積極的に私についてくる。じゃあ、行きましょうと、次の寺を目指して隅田川に沿って歩いた。布袋尊が祀ってある橋場不動尊《ふどうそん》は、猫の額ほどの可愛らしいこんもり系で、そこを参ってから、ニューフェイス「寿老神」がいらっしゃるという、石浜《いしはま》神社へと向かった。隅田川とその土手を望む石浜神社は、三社さまよりも、もっと広々としているこざっぱり系で、昔から伊勢神宮の代わりに人々が詣でたと言われてるだけあって清々しい。まわりに何も高いものがないから境内は日差しに照らされて明るく、名前のとおり海や浜を感じる。チリ一つ落ちていない石畳を歩きながら、

「オレ、ここ好きだな」

モンタは述べた。私も同じ感想だったが、黙っていた。

「のぞみがはまるの、わからんでもない」

寿老神が納められているけれども、観音開きの扉がぴったり閉まっている檜造りのお堂の

前で彼は言った。

「なかなか見れなかったり、御朱印がもらえなかったりした方が、意外と面白いのかもな」

なんで？　あえて私は返した。

「ほら西遊記だって、青い鳥だって、母をたずねて三千里だって、フラれにフラれてなかなか旅が終わらないから、話になるんだよ」

「十四年かけて、やっともらったお経が真っ白な紙だったり、探しまわってた鳥が家の近所を飛んでたり、白い小猿が足手まといだったり、みんなろくな話じゃないけど」

私の足手まといな小猿たちは、さっさとリタイヤしてどぜう食ってるし。

「私はもういいです。今日で、七福神めぐりは本当におしまい」

モンタに続いて手を合わせた。

「ご利益も、あったのかわからないけど」

ミニチュアの伊勢神宮を思わせるような本殿を、私は見やった。

「ご神体が鏡っていうのは、わかりやすい。神に祈るって、鏡で自分を見るようなことかもね。鏡でなくて、インドの怒ってる女の像だったり、地味なじいさんの像だったりするけど、それも鏡なんだよね」

ミニチュアでもそれなりに威圧感がある屋根をモンタは見上げた。

「鏡か」

「でも、うちにも鏡あるから」

私は言って境内を出た。そして南へと、方向を大きく変えた。

次は弁財天が祀ってある吉原《よしわら》神社。弁財天と言えば水だが、水は水でも水商売。名前のとおり、あの吉原にあるので、えらく色っぽい弁財天に出会えるのでは、と期待しながら向かったが、近道しようと裏道から行こうとしたのが間違いだった。適当に歩いてるうちに方向がずれたらしく迷ってしまった。すでに吉原の辺りだと思うのだが、あるはずの神社が一向に現れず、ぐるぐるまわっているうちに自分たちがどこにいるのかもわからなくなってしまった。ガイドブックの地図をあらかじめ頭に入れて歩いていた私は確認しようと思ったが、

「ガイドブックがない！」

バッグの中をかきまわした。どこかに置いてきてしまったようだ。最後に見たのは、お賽銭の小銭がなくなったと言う真沙代につきあって入ったコンビニ。

「しかたない、人に聞こう」

「ここは吉原ですかって？　オレやだよ」

私が聞くよと、すれ違う中年のおじさんに、

「すみません、この辺りに吉原――」

おやじはシカトして足早に去って行った。彼もそれを探しているのかも。人と話したくない通行人が多いようなので、お店の人に聞くのがよいかもと古い喫茶店に入ろうとすると、モンタが私の手を引っぱった。

「たぶん、普通の喫茶店じゃないから」

吉原に行く人が、迎えを待つための場所らしい。落語に出てくるようなシステムが未だにあるんだ。なんでモンタは知ってるんだ？　追及しないでおいてあげたが、そのような殿方が遊ぶ場所は実際どこにあるんだろう。やや暗い感じはするものの、パッと見はどこにでもあるような町並みに「楽しい場所」がどのように姿を隠しているのか興味深い。

「ほらＩＴ界のプリンス、携帯でナビとか見ないの？」

仕事以外はアナログに過ごすって決めてるから、そういうの使わないの、とモンタは電源が切ってあるスマートフォンを見せた。

「まあ、もうちょっと歩いてみよう」

私たちは、いかにも下町らしい軒の低い家や、軒のない新しいマンションや、老舗らしいお茶の店や、バブル期を感じる古びた看板を付けた店舗などを見ながら道を進んだ。好きで道に迷う者はいないし、迷ってみたいと思ったところで迷えるものでもない。あてもなく歩くのとも違う。あの角を曲がれば、目的の場所が見えるかもしれない、視界が開けるかもしれない、今度こそ、ここから抜け出せるかもしれない。希望を抱いて、新しい道を選ぶ。そして期待は裏切られて、落胆する。しかたなく、一からやりなおそうと道を戻る。でも、どこからやりなおしていいかわからないし、戻る道がすでにわからなかったりする。

人の一生も、生まれてから死ぬまで、いつかそこから脱せると希望を持ちながら、道に迷っているようなものだ。迷い続けて生涯を終えるならまだいいが、より深い迷宮に陥ってしまうと、命を奪われることもある。険しい山や森で遭難するように、人間の力など及ばない何ものかによって、ときに人は一瞬で姿を消されてしまう。大地のように……。その迷宮の入口は誰の足もとにも開いている。一歩踏み外せば、そこに落ちる。でも気にしだしたら、穴だらけに思えて歩けなくなる。だからこそ下を見ないで、次の角を曲がれば希望の地があると信じて、早足で歩いていなければならない。

モンタは何を思いながら迷っているのだろう、と並んで歩いている彼を見た。その表情を見て、何かが起きていることを私はすぐに察した。前方に何かを認めたモンタの目は大きく見開かれ、歩調はゆっくりになって、ついに止まった。ただならぬ様子に、私も彼が瞬きもせずに見ているものを見ないわけにはいかず、前方に目をやった。背の高い男がこちらに向かって歩いてくる。私も目を見張ってそこに立ち止まった。

大地。

大きくて、ちょっとなで肩で、スッと切れている目尻、何か言いたげにいつもわずかに開いている唇。短く刈り込んだ後頭部に手をやる仕草、足を投げ出すような歩き方。あ、れ、は、大地、だ。大地が、そこにいる。向こうもこちらに気づいたようで足を止めた。

「大地」

モンタが声にした。私は身動き一つ、口を開くことさえできなかった。相手もじっとこちらを見ている。そして、右手をすっと上げた。私は金縛りから解かれたかのように駆け出そうとして、勢いあまって前につんのめった。その時、私の背後から迎車のサインを出した黒いタクシーが来て、大地の前に止まった。体勢を立て直した私はそちらに駆け寄ろうとしたが、

「じゃ、ない」

モンタが声を漏らした。大地、じゃない。タクシーに乗り込んだのは、まったくの別人だった。ちょっと背格好が似ているだけの男だった。タクシーが来るほんの一瞬前までは、確かに大地だった。

「大地だった、よね」

走り去るタクシーを見送って、私はモンタに言った。

「大地だった」

自信ある口調で、モンタは返した。私たちはしばらくそこに立ち尽くしていた。今、見たのはなんだったんだろう。二人で、同時に幻を見たのだろうか。ぼんやりと私たちは、大地の幻影を見た場所から離れることができず、そこにしばらく立っていた。心拍数がようやく通常の間隔に落ち着いてきた時、

「あれと違う？」

モンタが道の先を指した。吉原神社だった。

秋から図書館で借りっ放しのガイドブックを失くしてしまったのには困ったが、いよいよ次は、本日の主要目的である神社だから場所はしっかり頭に入っていた。私たちはそれからは迷うことなく、車の行き交う広い通りに夢から覚めるように出た。モンタも私も、先ほど起こったことには、それきり触れていない。

「いよいよ、御朱印がもらえる」

通りに面して構えている大きな鳥居の前に来て、思わず声にした。ずっと求めて歩き続けた寿老人の御朱印が、なんとシーズンオフでも漏れなくいただける鷲《おおとり》神社に、ついに来た。

「じゃ、ここからは一人で行きなよ」

締めくくるなら、一人の方がいいでしょ。モンタはそう言って、鳥居の前で手を合わせた。

「長いこと、つきあってくれて、ありがとう」

私が頭を下げると、

「いやぁ。七福神めぐりって、恐いね」

彼は笑顔を返した。彼もどこかすっきりしたような表情をしている。オレもどぜう食ってるわ、と携帯の電源を入れると、真沙代と話しながら、そこを去って行った。

たった一人になった私は、酉《とり》の市には大勢の人が訪れるという広い境内に入って行った。広いけれども隅田川沿いにあった石浜神社とは雰囲気が異なり、新宿の花園《はなぞの》神社などにも似て、お祭り専門の賑やかさがある。拝殿の前に来て中をのぞくと、あった！「寿老人御神像」と書かれた小さな祭壇がある。……あるのだが、寿老人の像の前に、なぜか御神体の鏡が置いてあり、これまた地味でちっちゃい奥のそれが見えない。ここの寿老人はシャイで、祈られても自信がないから鏡の後ろに隠れているのだろうか。それとも祈る前にやはり自分を見つめなさいということか。私は手を合わせ、

おばあちゃんが元気になりました。ありがとうございます。正社員のオファーというご利益もいただき、ありがとうございます。

感謝を告げて、目を開けた。そして、再び閉じた。

大地に、一瞬だけでも会わせていただき、ありがとうございます。

深く一礼した。

「これ……谷中七福神の御朱印ですよね？」

御朱印の色紙を見て、予想どおり困惑している鷲神社の社務所の男性に、私はうなずいた。

「話すと長くなるんですが、いろいろあって、どうしても一つ足りないそこを埋めたいんです。お正月でなくても『寿老人』の御朱印を授与してくださる神社がこちらしかないので、ぜひともお願いいたします」

頭を下げる私に、相手は怪訝に返した。

「あの、もうじき、お正月ですけど？」

「知ってます。年内にどうしても、かたをつけたいんですっ」

私が語気強く言ったので、一応、確認して参ります、と彼は裏に入って行った。

「今回だけ、ということで」

戻って来た社務所の人は言った。私はありがとうございます、と頭を下げた。彼が硯《すずり》を出してきて、墨を擂り始めたので、この人がそれを書くんだ、と作業を見守った。待っている間、そういえば、おじいちゃんはなぜ寿老人だけ御朱印をもらいそこねたのだろう？　と改めて疑問がよぎった。おばあちゃんと違っておじいちゃんは几帳面な人だったから、お寺を一つ見落とすなんてことはありえない。意図的に、それをやった？　となると、残しておく意図はなんだろう？　筆に墨を含ませているのを見つめながら、モンタと交わした会話を思い出した。

西遊記で、三蔵法師の一行が最後にもらうお経は、確かに真っ白なのだが、その続きがある。孫悟空は、お経が真っ白だったと如来にクレームをつけて、それを突き返すのだ。すると如来は、

「字のないお経からわかることもあるんだよ」

と言いつつも、そんなに言うなら有字のお経をあげよう、とそれをくれる。ところが激しい風雨が一行を襲い、有字のお経も濡れてしまう。岩の上に置いてそれを乾かすが、一字が岩に張り付いてお経から取れてしまうのだ。けれど悟空は「天地も完璧ではない。不完全であることは必然なのだ」と悟り、三蔵もそれをありがたく受け取る……。

社務所の人は、手の下に紙を置いて筆を垂直に持ち、色紙の空いているところに今、筆を下ろそうと――、

「ああっ！　ちょっと待った！」

私の大きな声に彼は飛び上がるようにびっくりして筆を上げ、ちっちゃな黒い点だけが空白に記された。

「あの、やっぱり、いいです。すみません。それ、返してください」

無理な注文つけて書いてくれとか、今度は書くなとか、なんなんだこの人は？　と言葉にはしないが口をあんぐり開けてこちらを見ている彼からひったくるようにして色紙を返してもらうと、私は逃げるように境内を抜けて鳥居の外に出た。

色紙を胸に抱いて、私はそのまま通りに沿って歩いた。なぜ、おじいちゃんは一つ残したか？　七つ全部そろえてしまったら、それで終わり、ジ・エンドだ。終わらせたくなくて、あえて一つ残しておいたのだとしたら？　七福神めぐりをするのも、しんどくなってきて、これが最後かなと感じながらも、来年の正月にまた残したものをいただきに来ようと希望をつなぎ、わざと中途のままにした。そんな意図だったような気がする。寿老人を残してしまったのが大きな間違いだったけれど。大事なところが抜けているのは私にも受け継がれている。これは、このままにしておこう。一字足りないお経のように、それは希望でもあり、ありがたいものかもしれない。

浅草名所七福神めぐり、最後の九カ所目。矢先稲荷《やさきいなり》神社はひっそりとしていて、気持ちを落ちつけるには、最高の場所だった。拝殿の騎馬絵図《きばえず》を描いた天井画が有名だと、今は無きガイドブックに書いてあった。祀られている七福神は福禄寿。私の旅は福禄寿に始まり、福禄寿に終わるようだ。いや、終わらせなくてもいい。何もかも、ものごとをまとめて終わらせる必要はない。保留。わからないまま。未解決。っぱなし。行方不明……。こんもり系の境内で、私は大きく息を吸って、吐いた。絶望をかいま見たり、不思議な体験をしたり、意味が突然に変わったり、今日はいろいろなことが起きて、心穏やかではいられない。でも、なぜかわくわくする。神様の近くにいるような感覚。拝殿をのぞくと、御彩色豊かな福禄寿の像が薄暗い照明に照らされて鎮座していた。膝元にまるまるとした鶴がうずくまっていて、かわいい。それに向かって手を合わせた。最後は無心で、音一つない静かな境内で、心の中にも言葉を置かないで、祈った。大地に対する私の気持ちは、もう充分に伝わっているだろう。

「いちおう七福神を意識して『大黒屋天麩羅』っていう店に、みんなでいるよ」

真沙代の携帯にかけると、そこで私を待っているというので、仲見世通りの近くにある店に行った。

「どぜうも食べたんでしょ？」

私の愉快な仲間たち、真沙代、モンタ、おばあちゃん、鶴田さん、そして堀田ママ、全員が丼から飛び出すようなエビ天をのせた天丼を食べてる。私の食欲が皆に移ったみたいだ。

「それは昼の話でしょ。もう何時だと思ってるの。これは夕飯」

言われれば、最後の神社を出た時はすっかり日が暮れていた。ほんの数時間だったような気もするが、みんなの顔を見ると久しぶりに会ったような感覚があった。違う世界に行ってたみたいだ。

「のぞみちゃん、私、これ全部はいただけないから、あなたは軽いもの頼みなさい」

おばあちゃんは自分が食べてる天丼を指した。いただけないものを頼まないの。鶴田さんに、今日は一日祖母につきあってもらってありがとうございました、と礼を言うと、鶴田さんは久しぶりに落語なんか聴いて楽しかったですよ、と話した。えっ、二人でそんな面白そうなところに行ったんだ。真沙代が割り込んできた。

「私たちは、花やしきに行ったんだよねー。どぜうでビールけっこう飲んだ後だったから、あのローラーコースターでも気持ち悪くなれたよねー、堀田ちゃん」

「そー、どぜうが胃の中で、招き猫ダンス踊ってたわよ」

モンタも身を乗り出してきて、

「オレさ、のぞみと別れた後に、合羽橋《かっぱ》でせいろ買っちゃった」

いくらだと思う？　と竹製の大きなせいろをテーブルの下から出して見せる。二千円、二千五百円と、せいろの値段を言いあっている愉快な小猿たちに私は問うた。

「みんな、何しに来たの？」

返事がない。しばらくして記憶が戻ったらしい。

「七福神だよ」

そうだ、七福神。うん、七福神。浅草神社は良かったね。そうだ縁結びのお守り、どこやったっけ？　私は無言でおばあちゃんの残した天丼をつついた。七福神も呆れてると思うが。

「で、寿老人の御朱印はもらえたの？」

ううん、と首を横にふって真沙代に返した。

「うそ、また無駄足になったわけ？」

私は何も言わず微笑んだ。モンタが何か言いたげに、こちらを見ている。

「なに？」

と聞くと、ちょっとためらっていたが、彼は言った。

「大地の日記だけど」

「ああ、返すよ」

バッグを開けて、色紙の隣にある大地のノートを出した。今日はこのノートと一緒にまわりたかったのだ。おかげで面白い七福神めぐりになった。

「見せてくれて、ありがと」

「あげるよ」

目を上げて、私はモンタを見た。

「持ってない方がいいかなと思ったんだけど」

もう大丈夫でしょ、とモンタは堀田ママが横から注いでくれたビールを一口飲んで、うなずいた。ありがとう。私は大地のノートを色紙の横に戻した。すごく嬉しかった。


大黒天、恵比須、毘沙門天、弁財天、福禄寿、布袋尊、そして空白……の七福神の色紙。同様に、白い余白を残したままの大地のノート。

おばあちゃんと一緒に彼女のマンションに帰ってきた私は、居間のコタツの上にその二つを並べて見ている。おばあちゃんは、ご機嫌でお風呂に入っている。天ぷら屋を出たら、鶴田さんが呼んだ車が待っていて、ここまで送ってもらった。七福神のご利益があれば、すごい遺産がこの老婆のところに転がりこんでくるかもしれない。七福神めぐりをコンプリートした私にも、お金には代えられないご利益があったように思う。

「お風呂、入ってく？」

お風呂からあがったらしいおばあちゃんが、脱衣所から言う。

「自分ちで入るからいい」

返しながら、カレーの染みがついている表紙を開いて、また最初から見ていた。おばあちゃんは大地のことをとても気に入っていた。頭悪そうだけど気がいい子だと言っていた。大地もおばあちゃんのことを、オレの名前をいつも間違うけど、素手でヤモリをつかむのを見てから尊敬していると言っていた。おばあちゃんに、このノートを見せようかな、と思いながらページをめくっていた私の手が止まる。

インドに来てみて、オレ、なんかわかった。
何のために人間は生きてるのか、わかった気がする。

そして頭から離れることがない、次の一文を読む。

生きるために、生きてんだな、人間は。

生きるために、生きる、か。心の中でくり返し、駐禁で三百ルピーを取られて怒っている最後の文章を読んで、めくった。何も書かれていない真っ白なページを、ぼんやりと見つめる。白い空間を泳いでいると、いろいろなものが浮かんできて、そこに映る。インド人にぼったくられている大地。施設で働いている大地。スーツケースを捨てて、何も持たないインド僧のような姿で奥地を放浪している大地。真っ黒に日焼けして、インド人の妻と子供たちに囲まれて暮らしている彼。想像して、思わず笑ってしまった。バラナシのインターネットカフェで働いている彼。戦場カメラマンの格好をしてパキスタンとの国境を越えている大地。また笑ってしまう。反政府組織の人質になって地下の部屋に監禁されてカレーを食べている大地。髭づらで解放される彼。ガンガーのほとりに佇んで、こちらを見ている彼。そして最後に、吉原で見た大地の幻影が思い出された。

色紙の余白が、おじいちゃんにとって「希望」であったように、何も書いていないということは、あらゆる可能性をそこに見られるということだ。バイクの駐禁を取られた以降は、文字にされなかっただけで、大地の一生はこの白いページの中に永遠に続いている。

「なに見てんの」

湯上がりのおばあちゃんがセミヌードで脱衣所から出てきた。

「大地って覚えてる？　私が昔つきあってた人」

「ボーッとしてた子ね。元気？」

「行方不明になってるの。インドで」

まあ、とおばあちゃんは髪を拭いている手を止めた。

「いろいろ悔やまれることが多くてね」

「そりゃ、そうよ」

　おばあちゃんは言って、パジャマに袖を通した。

「考えちゃうもんよ。ああすれば、こうすれば良かったってね」

おじいちゃんのことを言ってるのだろうか。

「良い方にも、悪い方にも考えるわ」

白いページには良い展開も、悪い展開も描けるが、モンタにも言ったように自分の都合で彼が死んでるとか生きてるとか、どちらかに決めてしまうことには違和感がある。おばあちゃんが言うように、良い方にも、悪い方にも公平に考えていることが、「可能性」なんじゃないだろうか。その両方があってこそ、希望というものが持てるのではないか。私がネガティブな妄想をしてしまうのも、裏ではそれが覆《くつがえ》されることをどこかで願っているからこそだ。

「元気で帰ってくるといいわね」

着替えたおばあちゃんは、コタツに入ってきた。詳しいことを知らないおばあちゃんは、そのような可能性を、大地の余白のページに見る。それも自由だ。

「そうね」

私は白いページにまた目を落とした。西遊記に出てくる如来は「何も書いてない真っ白なお経から、教わることもある」と孫悟空に語った。それは、そのようなことも意味しているのかもしれない。神様が見えないお堂の前で、何かに気づいたり、何もないところでも人間は自由にあらゆることを想像し、考えることができるのだ。

「元気だといいね」

私はおばあちゃんに同意した。でも、どのようにでも考えられるから「大地は私たちの中で生きている」なんて、まとめて終わらせたくはない。もっと大きなことを白いお経……ノートは語っているのではないだろうか。七福神をぐるぐるめぐって彼のことをぐるぐる考えてきたけれど……。

「生きるために、人間は生きてるって、大地は言うんだよ」

私が語りかけると、おばあちゃんは、やけに大きくうなずいた。

「あんたも私の歳ぐらいになったら、嫌ってほど、それがわかるわよ。もう生きてるだけで、せいいっぱい」

まあ、そういうことでもあるけれど、

「生きるってさ、息してるとか、そういうことじゃなくて」

白いページの中で、どんどん可能性をふくらませていく彼のことを思う。じゃあ、私はどうだろう？　私のこれから、白いページにはどんな可能性があるのだろうか？　考えたこともなかった。おばあちゃんを見ると、コタツに両手を突っ込んで聞いている。重たそうな瞼がくっつきそうだ。大地も、私も、年老いたおばあちゃんも、死んだおじいちゃんだって、考えるほどに無限に可能性がある。それが生きてるってことなんじゃないかな。私の心の問いかけに、おばあちゃんは寝てるのか、タイミング良くコックリとうなずいた。

生きるために、人間は生きてる。

あらゆる可能性があるがために、人は生きている。大地は、私の中ではなく、限りない宇宙の中で生きている。そして自分も……。

「ん?」

ノートの一番最後のページに何か挟まっている。押し花? 今まで気がつかなかった。それは水分が無くなり、透き通るように薄くなった二枚の「ピンクのデカい花びら」だった。これはきっと、蓮の花びらだ。五ルピー札が……二枚。

「あら、もう帰るの?」

おばあちゃんは、目を開けて、バッグにノートや色紙を突っ込んでいる孫娘に言った。

「うん、行くところがあるから」

お風呂上がりなのもあるけれど、血色が良くて長生きしそうなおばあちゃんの顔を、私はじっと見つめて告げた。

「その準備しなきゃ」

絵馬に真沙代が書いたように、私が好きになった男は「生きている」可能性がある。十ルピーで、彼を慕ってくれたババイのお父さんになって、かの地にいる大地を想い描く。

「また七福神めぐり？」

そう。大地の実体に会えても、会えなくても、それは関係ない。七福神めぐりと同じだ。

「今度は、ちょっと遠いところ」

雄大な河のほとりに佇んで、大地が見た風景を見ている「私」という可能性が、蓮のつぼみが水面に顔を出すように、今、生まれた。

「今度は、神様が見られるといいわね」

「そうだね。じゃ、めぐってきます」

私は、えびす顔で、おばあちゃんの家を出た。

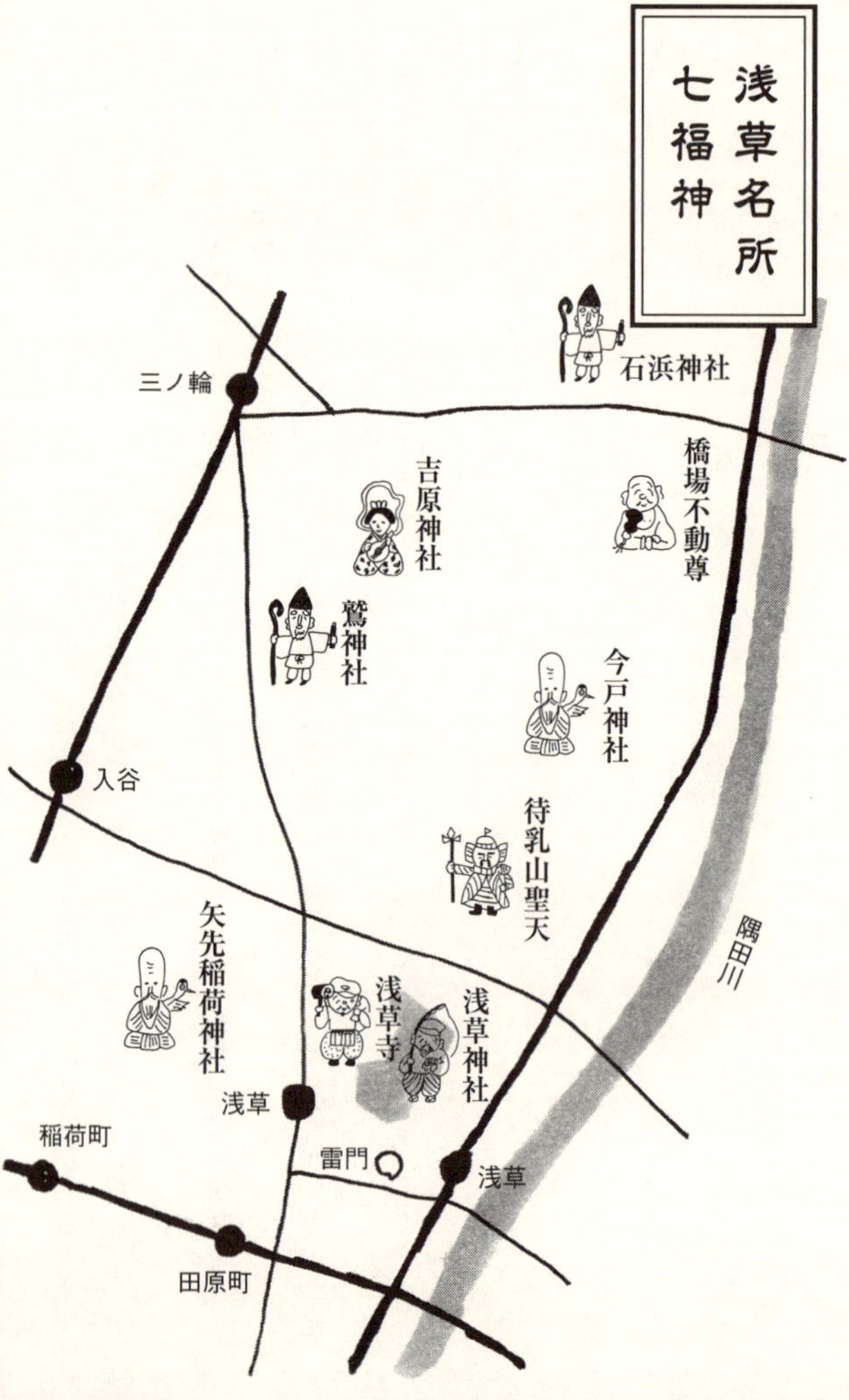

浅草名所七福神
石浜神社
三ノ輪
橋場不動尊
吉原神社
鷲神社
今戸神社
入谷
待乳山聖天
隅田川
矢先稲荷神社
浅草寺
浅草神社
浅草
稲荷町
雷門
浅草
田原町

参考資料

『東京七福神を歩く』（ＪＴＢパブリッシング）
『東京ありがた七福神めぐり』（日本出版社）
『仏教民俗学大系８　俗信と仏教』（宮田登・坂本要編、名著出版）
『福を呼ぶ・幸運を呼ぶ七福神』（佐藤達玄・金子和弘著、木耳社）
『日本人と福の神―七福神と幸福論』（三橋健著、丸善）
『ムンバイなう。インドで僕はつぶやいた』（U-zhaan著、スペースシャワーネットワーク）
『インドなんて二度と行くか！　ボケ!!　…でもまた行きたいかも』（さくら剛著、星雲社）
『インドへ馬鹿がやって来た』（山松ゆうきち著、日本文芸社）

解説

小池龍之介

「ほら、きた。このようにちょっと関わっただけで、もう人に影響を与えている」。主人公の船山のぞみさんは、こんなことを気にしてこう続けます。「自分が無意識に与えた影響で、人の運命を大きく変えてしまうことだってある。だから極力、人と接触しないよう努めているのに」と。

かくして、職場の同僚とも友人とも積極的に関わろうとしない船山のぞみさんです。人に影響を与えたくってたまらないのが、ふつうの人間の心理状態には違いなく、自分の影響力の強さによって、己の価値をはかろうとするものです。ですから今の世の中、携帯端末を肌身離さずに持ち歩き、自分が誰にどれくらい影響を与えていられるのかを、ＳＮＳソフトウエアを駆使して確認し続けるのが、不気味な大流行を呈しているのでしょう。

いやはや、現代社会に対して毒づくのは止《や》めにすることとして……、このような社会の中で、すこぶる珍しいことに、「人に影響を与えたくない」なんて思いつめる船山のぞみさんのことを、「へー、なんでそんなに、そこにこだわるように描写されているのだろう」と素朴な思いで読み進めていますと、彼女がかつてはむしろ、影響を与えることの快楽を楽しんでいたことが分かります。

「干し柿とか煮豆とか食ってるから、地味に見えんだよ。かわいいんだから、たまにはアツゾコでも履いて、街でジェラートとかベルリンワッフルでも食えよ」（……）が、そんなことを言っていた彼も、次第に私に影響されて、「沖縄産の黒砂糖って、そのまんま舐《な》めるのが一番うまいよなー」などと言うようになった。私の真似してパッケージに明記されている原材料を見る習慣もついて、（……）彼がコンビニの棚に叩きつけるようにスナック菓子の袋を戻しているのを見て、ホントは食べたいんだろうなと思ったが、自分に影響されている彼を見るのは、嬉しくもあった。相手が自分と違えば違うほど、影響されて変わっていくのが目に見えるから、それが自己存在の確認になり、喜びになる（強調点は筆者による）。

こう告白する船山のぞみさんは、誰もが心の中に隠し持っている、「他人を改造したい！」

という欲望のことを、鋭くとらえているようです。そう、自己確認のために自分を相手にコピーしたいという煩悩《ぼんのう》は強いものでして、まさに私も自然派の生活を送るのを恋人が真似してくれるようになるのを喜ぶとき、その心理が働いていることに、思い当たります。

そして船山のぞみさんとは別の形で、私もまた「自然派」に執着すること自体が窮屈になって、前よりはずいぶんテキトウになってきた今日この頃、あんなに勝手な影響を与えてしまって悪かったなあ、と反省されもするところです。

船山のぞみさんの場合、彼を自然派へと改造した挙句に、別れたあとの再会の場で、自分の発言のせいで彼がインドに行く決意をするための決定打を与えてしまい、そのせいで彼がインドで死んだ（？）のだ、と思いつめています。

ええ、私たちは自分の欲望が大好きなのですが、その欲望が破壊的な結果をもたらすのに直面するとき、こんどは反対の極端にも、振れがちなものなのです。船山のぞみさんは、「自然派」であることを職にしようとして挫折し借金まで抱えた経緯から、「しばらくは健康や地球のことも忘れたいので、昔は食べなかったような添加物の入った安いジャンクフードも、おいしくいただいている毎日」を送っている。

うーん、私たちは、「自然派」に執着して痛い目にあったら、今までそうしてきた自分のことを全否定したいあまりに、露骨に正反対の「反自然派」へブレがちなものです。「影響を与えたい」「一切与えたくない」という極端なブレも、同じことですね。

それは結局、「Aをしてる私はステキ」と頭で考えるのを、「Aをしてない私はステキ」と頭で考える、別の執着へ取り換えただけで、いずれにせよAに振り回されたまま、私たちは呪縛されているのです、トホホー。

けれども肝心の「七福神めぐり」の最中に、船山さんは、「AかアンチAか」という頭の二択を超越し得る言葉に、出会っています。

それは、インドで行方不明になった元彼が残した日記の中にあったもの。

「インドにきてみて、オレ、なんかわかった。(……)生きるために、生きてんだな、人間は」と。

彼がその体感に辿りついたことを知った船山のぞみさんは、「自分が彼に影響を与え支配してきた」というのが実は錯覚にすぎず、彼が自分の影響などまったく及ばないところまで至っていたのだと、気づくことになるのです。

なら、「影響を与えたい」「与えたくない」なんて、ドウデモイイじゃないですか、もう。そう、よくよく突きつめてみたら、「影響する、しない」なんて、自分で操作できるものじゃないのですしねえ(無我)。そんな風情に、「Aがいい」と「アンチAがいい」の間をグルグル巡りがちな思考を、突破するヒントが読み取れるかもね、なんて書いてみますと、ちょっと「解説」っぽさを偽装することも叶うことでしょうか。

――月読寺・正現寺住職

この作品は二〇一一年十月マガジンハウスより刊行されたものです。

ぐるぐる七《しち》福《ふく》神《じん》

中島《なかじま》たい子《こ》

平成26年2月10日　初版発行

発行人――石原正康
編集人――永島賞二
発行所――株式会社幻冬舎
〒151-0051東京都渋谷区千駄ヶ谷4-9-7
電話　03(5411)6222(営業)
　　　03(5411)6211(編集)
　　振替00120-8-767643
印刷・製本―株式会社　光邦
装丁者――高橋雅之

幻冬舎文庫

ISBN978-4-344-42155-4　C0193　な-34-1

幻冬舎ホームページアドレス　http://www.gentosha.co.jp/
この本に関するご意見・ご感想をメールでお寄せいただく場合は、
comment@gentosha.co.jpまで。